내 몸에 산소처럼, 기쁨이 숨 쉬다

기쁨 5

내 몸에 산소처럼, 기쁨이 숨 쉬다

김영국 지음

내 안의 기쁨을 믿으면 믿을수록
슬픔은 밝아지고 사랑은 빛난다

좋은땅

온 세상이
기쁨으로 가득해도 내 몸이 없다면,
나에게 무슨 기쁨이 있을까.
내 몸이 기쁨인 줄 앎으로써
생동하는 기쁨 때문에
항상 기쁘지 아니한가!

들어가면서

내가 어릴 때 좋아했던 별스러운 나만의 놀이가 하나 있다. 마루 밑을 뒤지는 거다. 저 마루 밑에는 무엇이 있을까? 특히 마루 밑에서 오래된 동전을 발견할 때 기분이 좋았다. 남이 잃어버린 소중한 것을 내가 찾아냈기 때문이다.

그 호기심으로 헌책방과 서점 그리고 도서관 뒤지기를 좋아했다. 어딘가 구석진 곳에 남모르는 이야기가 있을 것 같아서다. 지금은 집 안에 들어앉아 내 밑바닥을 뒤지고 있다. 일상에서 그냥 무심코 지나쳐 버린 무언가 있을 것 같아서다.

내 호기심은 기대를 저버리지 않고 소중한 물음 하나를 내게 던졌다. 멍하니 앉아 있을 때 편안하다. 당연한 현상 같아도 몸에 병이 나서 아플 때를 생각하면 달리 보인다. 병이 나서 아파야 왜 어디가 아픈지 안다. 이처럼 몸과 마음이 편안할 때 왜 편안한지를 알고 싶다. 예를 들어 부모의 뒷바라지로 편히 지내는 자식이 그 편함에 대한 부모의 고마움을 모르다가 부모가 죽고 나서 부모의 고마움을 생각하고 편안했던 시절을 그리워하듯이 말이다.

편안할 때 왜 편안한 줄을 알아야 편안함을 제대로 지킬 수 있는 것 아닌가. 이 편안한 느낌은 어디서 오는 걸까? 나는 그 편안함을 느낄 수 있는 원초적 감정이 바로 '내 안의 기쁨'인 것을 알아냈다. 내 안의 기쁨이란 감정이 기분 좋은 일을 만나면 즐거움을 느끼게 하고 흥분도 시킨다. 때로는 흥에 겨워 눈물을 흘리게 한다. 그런 외부의 충격 없이도 내 안의 기쁨은 즐거움을 느끼게 한다. 바로 잔잔한 즐거움, 마치 아무 생각 없이 맑은 호숫가를 산책하는 듯한 편안함이다.

편안함이란 순수한 내 안의 기쁨이 흔들림 없이 잔잔히 흐르는 즐거움이다. 삶이 불편하지 않고 즐거우면 행복하지 아니한가? 바로 내 안의 기쁨이 행복의 원천인 게다. 행복은 이미 내 안에 있다. 행복은 얻고 찾는 게 아니라 내 안의 기쁨을 키우며 지키는 것에 있다.

숲속의 길을 걸으면 여유 있는 사색으로 빠져든다. 벤치에 앉아 앞에 우뚝 서 있는 나무를 쳐다보면 무수히 달린 나무 잎사귀 하나하나마다 무슨 사연이 있는 것 같다. 잎사귀는 같은 나무줄기에서 나와 이리저리 뻗어 나온 가지에 매달려 있다. 어떤 것은 시들시들하고 어떤 것은 생생하고 어떤 것은 벌레 먹어 상처를 입고 어떤 것은 색이 바래 보인다.

이런저런 생각을 하다가 자식을 낳고 자식이 세상에 머리를 내밀어 제 역할을 할 수 있을 때까지 묵묵히 뒷바라지하는 부모의 모습과 성숙할 때까지 부모가 필요하여 매달리는 자식의 모습이 나무가 살아가는 형상과 겹치면서 '저들은 서로 붙어살면서 나중에 무엇이 될까?'라는 물음이 떠오른다. 동시에 '왜 서로 붙어살아야 하는가?'라는 물음도 생긴다.

지금까지 살면서 수많은 고초와 슬픔을 겪었지마는 그때마다 무언가 내 안에서 위로하는 기운이 나를 일으켜 세웠다. 어머니이다. 어머니를 생각하면 내 안에서 이런 말이 나온다. "나는 한 푼이라도 아끼면서 허리띠를 졸라매며 나를 정성으로 키워 준 어머니의 자랑스러운 자식이다. 어머니의 고초에 비하면 그까짓 게 뭐라고 내가 여기서 주저앉는가!" 그리고 다시 기운을 낸다. 그 기운은 부모님을 향한 고마움이며 영원한 내 편에 대한 기도가 된다.

나는 부모님의 기쁨 속에서 살고 있다. 이런 생각이 드는 것은 누구나 마찬가지라 여겨진다. 그렇지 않은가? 그런 기쁨의 현상이 어머니의 포근한 품속에 안겨서 방글거리는 아기의 모습에서 보이지 않는가.

풀은 풀대로 무성하게 자라고 나무는 나무대로 위로 옆으로 뻗어 나가고 동물은 동물대로 새끼를 낳아 몰려다니고 곤충도 물고 기도 떼를 지어 울어대고 헤엄치고 있다. 새는 이 나무 저 나무로 옮겨 다니며 지저귀고 있다. 말이 안 통하니 왜 그토록 그렇게 살고 싶냐고 물어볼 수도 없다.

사람에게 왜 사냐고 물어보면 그 대답은 저마다 다르다. '태어났으니 산다.', '사니까 산다.', '그냥 산다.', '죽지 못해서 산다.' 말없이 그냥 씩 웃기만 하는 사람도 있다. 이런 대답을 들으면 사람이 자신이 스스로 사는 게 아니라 무엇에 끌려다니며 사는 것 같다. 그나마 '자식 때문에 산다.'라는 말에 인간 존재의 이유가 엿보인다.

한편 이런 생각도 있다. '리처드 도킨스'가 『이기적 유전자』라는 책에서 주장하는 바에 따르면 '사람을 비롯한 모든 동물이 유전자가 만들어 낸 기계'라는 것이다. '이 유전자라는 이름으로 계속 나아갈 것이며, 우리는 그들의 생존 기계'라는 것이다.

그렇다면 인간이 살아가며 고통을 받고 슬픔을 견디며 사는 게 모두 유전자의 생명을 이어 나가기 위한 것 아닌가. 인간은 사람의 껍질을 입고 유전자의 생존을 위해서 꼭두각시 노름을 하고 있다는 말이다. 함부로 무시할 수도 없는 이 이론이 나에게는 매우 곤혹스럽다.

모처럼 나의 기쁨이란 주제로 사색의 문을 열었는데 기껏해야 내가 유전자를 지키기 위한 수단이라는 생각이 드니 의기가 소침해진다. 세상의 주인공인 나로 살다가 죽고 싶은데 유전자의 대역으로 살다가 죽어라 하는 것 같아서다.

좋다. 그렇다고 하자. 그래도 유전자를 보호하는 대가로 기쁨을 받았으니 그리 나쁘지 않다. 사실 인간이 늙어서 죽으면 슬프고 새 생명이 태어나면 기쁘지 아니한가. 그렇게 인류라는 생명체가 종의 멸종을 비켜 가며 나의 기쁨과 새 생명의 탄생이란 기쁨을 품고 살아 내고 있지 않은가. 나라는 생명체가 죽으면 내가 죽은 것이고 내가 죽으면 내 껍질 안에 있던 유전자도 죽는다. 그렇다면 유전자는 바로 나이며 이 세상은 내가 살고 있다고 할 수 있다.

이제부터 나는 '자식은 부모의 기쁨으로 낳은 새로운 기쁨'이라는 생각에 주목하고 '기쁨이 기쁨을 낳는다.'라는 주제로 내 생각을 이어 갈 것이다. 각종 생명체가 사는 삶의 방식은 다르다. 일반적으로 기쁨을 더 큰 기쁨으로 만들고 새로운 기쁨을 위한 기쁨으로 살고 있다. 문제는 생명 개체가 모두의 기쁨이 아니라 저마다 기쁨을 위해 살아가는 것이다. 그래서 저마다 기쁨을 누리고 보호하기 위해 경쟁할 수밖에 없는 상황에서 '어떻게 내 안의 기쁨을 이끄는 가?'라는 질문에 답을 찾으려 한다.

앞서 궁금하게 여겼던 '왜 붙어사는가?'와 '붙어살면서 나중에 무엇이 될까?'라는 문제를 풀면 내 안의 기쁨의 리더로서 무엇을 해야 하는지 윤곽이 드러난다. 즉 기쁨의 원인 그리고 결과에서 나타나는 기쁨이 무엇인지를 찾으면 된다. 내 기쁨의 원인은 부모님이다. 부모님에게 받은 기쁨을 내가 제대로 누리는 것, 이것이 부모님을 기쁘게 해 드리는 것이며 내 안의 기쁨의 리더로서 해야 할 일이다. 또 하나는 새로운 기쁨을 탄생시키고 기를 수 있는 충분한 능력을 갖추는 게 내 안의 기쁨의 리더로서 해야 할 일이다. 특별한 것도 없다. 누구나 다 아는 얘기지 않은가. 간단히 말하면 부모님 은혜에 보답하고 잘사는 게 내 안의 기쁨의 리더로서 해야 할 일이다. 이렇게 내 안의 기쁨을 키우고 지키며 사는 게 행복하게 사는 것임을 깨달았다.

동종 생명 개체의 무리에서는 강한 개체가 번식의 기쁨을 나눌 기회가 많다. 생명체 전체로 보면 환경에 적응을 잘하는 개체가 오랫동안 생명의 기쁨을 누릴 수가 있다. 그 예로 모기는 모기대로 사람을 물어서 피를 빨아야 살 수 있고 사람은 이런 모기를 때

려잡아야 편히 기쁨을 누릴 수가 있지 않은가.

어쨌든 인간이 기쁨에 보답하고 기쁨을 누리고 새로운 기쁨을 만들고 보호하려면 환경에 적응과 대응을 잘해야 한다. 힘들 때는 버텨 내야 하고 고통스러울 때는 이겨 내야 한다. 그런 줄 다 알고 모두 그렇게 살고 있다. 그렇게 살려니 상대에게 이리저리 조이고 마음대로 풀리지 않는 일로 숨통이 막히는 것처럼 답답하다. 이런 처지에서 자신의 기쁨이 제대로 숨을 쉬고 생동(生動)하려면 자기를 향해서 이런 주문이라도 걸어야 한다.

"나의 기쁨이 내리는 길을 모두 함께 걸어요!"

삶의 현실이 만만하지가 않고 모든 게 생각대로 되지 않는다. 특히 시대적 현상이 생을 시작하는 젊은이들에게 힘든 시련을 주고 있다. 필자는 여기서 이런 말로 응원하고 싶다.

"삶이 아무리 힘들어도 행복을 지키고 시련을 극복할 수 있는 '내 안의 기쁨'이란 힘이 있다. 내 안의 기쁨을 믿으면 믿을수록 슬픔은 밝아지고 사랑은 빛난다."

＊＊＊

아랫글은 모 월간지 시 공모전에서 당선한
필자의 시입니다.

독자들이 이 시를 읽으면서 기쁨의 기원과
역할 그리고 기쁨의 이별과 더불어
새로운 기쁨의 탄생에 관하여 잠시
사색의 시간을 가져 보시기 바랍니다.

낙엽의 노래

1.
그대는 사랑나무
나는 그대의 잎사귀

그대는
해 뜨길 기다리며
밤새 나를 지켰어요

동이 트면
나를 안아 올려
아름다운 빛을 알게 했어요

손끝을 스치는 바람에도
깍지 낀 손 놓칠세라
무던히도 애를 태웠어요

그래도
언제나
묵묵히 바라만 보는 그대여
그대의 사랑은 아름다운 침묵이었어요.

2.
그대는 사랑나무
나는 그대의 잎사귀

그대여
이제 손을 놓아요

차가운 햇살 내리고
이슬 마를 때

가슴 졸인 날들을

빨갛게 물들이고

힘겨웠던 날들을
노랗게 색칠하고
내 몸은 떠날 거예요

그래도
언젠가
갈색 추억이 사무칠 때면
그대의 사랑을 다시 찾아갈 거예요.

* * *

인간의 삶에는 어머니처럼
묵묵히 뒷바라지하고 버팀목이 되어 주는
사랑나무 같은 존재가 있습니다.

삶은 혼자 아닌 함께하는 시간입니다.
삶의 관계는 만나서 서로 돕고 이별을 하고
다시 만나기를 반복합니다.

삶에는 보이는 것이 전부가 아닙니다.
삶의 관계에는 저마다 깊은 사연도 있습니다.
항상 기뻐하면서도 차마 겉으로 드러내지
못하는 아픔도 있습니다.

그러면서 마지막까지 삶을 위한
서로의 애씀이 아름답습니다.
그 애씀으로 새로운 만남이 탄생합니다.

지금까지 힘들지만 기쁨을 위해
삶을 지켜 오면서 생겼던 상처와 고통
그리고 슬픔을 혼자 아파하지 마세요.
슬픔은 나눌수록 적어지고
기쁨은 나눌수록 커집니다.

지난 시간은 기쁨을 위해서 살았습니다.
슬픔을 위해서 사는 사람은 없겠지요.
하지만 기쁨에는 슬픔이 동반합니다.
시간은 멈추지 않습니다.
삶의 시간이 줄어들고 있습니다.

아프고 슬픈 기억에 매달리면
안타까운 일만 일어납니다.
과거는 기쁨이 쌓이는 시간입니다.
과거는 미래의 기쁨을 항상 응원합니다.
내 안의 기쁨을 믿고 기대하면 반드시
그 기대가 이루어질 겁니다.

오늘은 당신의 기쁨이 숨 쉬는 날입니다.

水谷齋에서 김영국

목차

3. 나의 기쁨이
머무는 공간을 위하여

1

생동하는 내 안의
기쁨을 위하여

인간은
기쁨의 생명체다

인간의 원초적 감정은 기쁨이다.

아기가 배고플 때 울지 않는가.
아기가 아플 때 울지 않는가.
아기가 배부름을 느낄 때 잠도 잘 잔다.
바로 기쁨을 느끼는 것이다.
아기가 건강할 때 방글방글 웃는다.
바로 기쁨을 느끼는 것이다.
아이가 울어도 조금만 달래 주면
금방 기쁜 기분으로 돌아온다.

인간이 기쁨을 방해받으면
화나고 슬프고 미워지고 놀라고 겁내고 우울하다.

아기는 가지고 놀던 노리개를

누가 뺏으면 울음을 터뜨린다.
아기는 기쁨을 누구에게 빼앗긴 것이다.
노리개를 돌려주면 금방 생글거리며 웃는다.
아기는 기쁨을 되찾은 것이다.

이렇게 인간 안에서 기쁨이 살고 있다.

인간의 행복은 기쁨을 얼마나 잘 이끄느냐에 달렸다.
다른 감정은 기쁨에서 파생된 감정일 뿐이다.

인간은 자신의 기쁨을 지키기 위해서
살고 있다고 해도 과언이 아니다.

모든 감정이 사라지고 기쁨까지
사라지면 무슨 재미로 사는지 모른다.

기쁨이 없고 다른 감정만 있다면 그토록
고초를 겪으면서도 삶에 매달릴까?

모든 감정이 없고 기쁨만 있다면

살고 싶은 생각이 들까?

당연히 기쁨으로 살고 싶을 것이다.

슬퍼서 눈물을 흘리는 새를 보았는가?
슬퍼서 눈물을 흘리는 물고기를 보았는가?

새와 물고기는 즐겁게 살고 있다.

새와 물고기가 즐거운 줄 어떻게 아는가?

재미있는 고사가 하나 있다.
장자가 혜자와 함께 호수(濠水)의 다리 위를
어슬렁거리고 있었다. 장자가 중얼거렸다.
"피라미들이 헤엄치면서 한가롭게 놀고 있군.
이것이 물고기의 즐거움이지."

혜자가 말했다.
"자네는 물고기가 아닌데
어떻게 물고기의 즐거움을 아나?"

장자가 대답했다.

"자네는 내가 아닌데 내가 물고기의 즐거움을
모른다는 것을 어떻게 알지?"

혜자가 말했다.

"나는 자네가 아니니까 정말로 자네를 알지 못해.
자네 역시 정말로 물고기가 아니니까
자네가 물고기의 즐거움을 모른다는 것은 명백하지."

장자가 말했다.

"처음부터 생각해 보자.
자네가 '자네는 물고기가 아닌데
어떻게 물고기의 즐거움을 아나.'라고 물은 것은
내가 물고기의 즐거움을 알고 있다는 사실을
자네가 이미 알고서 물은 거야.
나는 호수의 물가에서 그걸 알았어."

혜자가 세상을 이성적이고 지적인 눈으로 보았다면
장자는 세상을 감성적인 생명의 눈으로 본 것이다.

만약 이 글을 읽고 있는 독자가 기쁨을
이성적이고 지적인 눈으로 본다면
'사랑에 빠진 사람의 눈에는
온 세상이 아름답게 보인다.'라는 것을
설명할 수도 이해할 수도 없다.

장자도 "나는 호수 물가에서 그걸 알았어."라고
말한 것은 호수의 물가를 여유롭게
즐거운 마음으로 걸으면서 물속에서
노니는 물고기를 보니
그 물고기 노니는 모양이 즐거워 보였다는
말을 한 것이다.

마찬가지로 새나 물고기에게 기쁜지 슬픈지
물어볼 수 없다면 현재 마음의 상태로 짐작할 수 있다.
만약 슬픈 기분에 젖어 있는 사람이 새가 지저귀는
소리를 들으면 새의 울음으로 들리기 쉬울 것이다.
기분이 좋은 사람이 새소리를 들으면 기쁨에 겨워서
내는 새의 노래로 들릴 것이다.

현재 당신 자신의 마음의 상태가 아니라
일반적인 입장에서 자신에게 물어보자.

인간은 사는 게 슬퍼서 죽지 않고 살고 있습니까?

인간은 사는 게 기뻐서 죽지 않고 살고 있습니까?

누가 "나는 죽지 못해 살고 있다."라고 말을 해도
이미 당신은 그 답을 알고 있다.
막상 죽음 앞에서는 살고
싶은 마음이 절실해진다는 것을.
살아 있으면서 무언가 기쁨을
느낄 수 있기 때문이 아닌가?

모든 생명체는 조화로움의 기쁨으로 탄생한다.

아무런 기쁨도 없는데 암수가 왜 만나겠는가?
남녀가 기쁨으로 만나서 자식을 낳고 기뻐하지 않는가.
그래서 인간 안에 기쁨이 살고 있다는 것이다.

따라서 인간은 온갖 고난이 닥쳐도 기쁨으로
살아갈 수 있는 원초적 능력이 있다.

우주의 조화로 탄생한 인간은 생명 유지를 위해
세 가지 조건을 수행한다.

첫째 숨을 쉬어라.

동물은 산소를 마시고
식물은 이산화탄소로 호흡해야 살 수 있다.
산소와 이산화탄소를 품고 있는 공기는
하늘에 있고 하늘은 우주다.
생명의 근원이 우주에 있음을 안다.

호흡을 안 하면 정신이 혼미해지고 생명을 잃는다.
숨통은 정신적 에너지의 산실이기도 하다.
가쁘게 숨을 쉬며 산을 올라 심호흡을
한 번 깊이 해 보면
답답함도 풀리고 상쾌하게 기분이 좋다.

내 안의 기쁨이 생동하는 것이다.

둘째 채움과 비움을 반복하라.

생명체가 살아가기 위한 육체적 에너지가
채움과 비움으로 이뤄진다.

밥을 먹어야 힘이 생긴다.
속을 비워야 밥을 먹을 수 있다.

채우기만 해도 안 되고 비우기만 해도 안 된다.
자기 신체 구조와 균형 있는 채움과 비움이라야
생명체를 오래 유지할 수 있다.
많이 먹는다고 힘이 세지고 오래 사는 게 아니다.

여기서 무엇을 먹느냐가 매우 중요함을 일러 준다.
'무엇을 먹느냐? 그것이 당신임을 말한다.'라는
말도 있다.
배가 고프고 허기져 힘이 없어 곧 쓰러질 것 같은데
물 한 모금이나 밥 한 술로도 눈이 번쩍 뜨인다.

내 안의 기쁨이 생동하는 것이다.

셋째 함께하고 나누어라.

생명체를 암수로 나누고 다시 함께하여
새 생명이 탄생한다.

암수가 없으면 아메바처럼 자기 생명체를
스스로 나누어서 번식한다.
혼자서는 살 수 없는 세상이라는 것이
생명체 탄생 속에 암시되어 있다.
슬픈 일로 가라앉은 기분도 친구의 위로나
자식의 웃음소리로 사라진다.

내 안의 기쁨이 생동하는 것이다.

생명체의 탄생 동기가 조화로운 기쁨임을 안다면.

"사람들이여 서로서로 기쁨을 나눕시다!"

이 한마디 말만 실천하면 인간의 죄는 사라질 것 같다.
비록 실천을 못 하더라도 그런 마음이라도 있다면
인간의 죄가 사라질 것 같다.
이런 꿈같은 환상의 세계가 불가능한 것도 아니다.
인간끼리 생존 경쟁과 투쟁 그리고 전쟁까지
해야 살 수 있는가? 꼭 그래야 하는가.

인간에게 기쁨과 슬픔이 있다.

슬픔은 내 안의 기쁨을 지키지 못한 것에 대하여
일시적으로 일어나는 지극한 반향이다.
웬만히 기분 나쁜 일에는 별로 슬프다는 느낌이
들지 않기 때문이다.
내 안의 기쁨이 기운을 찾아서 생동하면
슬픔은 사라진다.

기쁨은 영원하고 슬픔은 순간이다.
슬픔은 나눌수록 줄어들고
기쁨은 나눌수록 커진다.

슬픔으로 울고 있는 자를 위해서는
함께 울어 주는 것이 사랑이다.
기쁨으로 즐거워하는 자를 위해서는
함께 즐거워하는 것이 사랑이다.

어디 기쁘게 살기를 바라지 않는 사람이 있을까.

인간은 기쁘게 살기를 바라면서도 뜻대로

살지 못하고 잘못을 저지른다.

방종해진 인간은 고삐 풀린 망아지처럼
함부로 나대고 있다.
그들은 기쁨을 나누지 못하고
도리어 남의 기쁨을 짓밟고 빼앗고 있다.
이들이 잘못을 저질러 많은 사람이
안타깝게 목숨을 잃고 한 많은 혼이 되어
떠나가고 있다.

자신의 기쁨만 생각하고 행동하는 인간이
잘못을 저질러 일어나지 말아야 할
죽음도 일어나고 있다.

운동 경기장, 축제장, 시위장, 교통 시설과
수단 등에서 공공 질서 유지와 안전 관리 부실로
생각지도 못한 대형 참사도 일어난다.

졸지에 자식을 잃은 부모들은
이 안타까운 죽음을 잊지 못하고

슬픔에 잠겨 기쁨의 빛을 잃는다.

친구를 잃은 사람들은
마치 자신이 잘못을 저지른 것처럼
가슴을 치며 분통을 터트리고 고통스러워한다.

형제들은 자신의 몸이 떨어져 나간 듯한
아픔으로 흐르는 눈물을 멈추지 못하고
세상을 향해 불안을 감추지 못한다.

이 지독한 아픔과 슬픔을 어떻게 할까.
인간으로서 지울 수 없는
이 상처와 원통함을 어이할까.

우리 곁에서 아직 슬픔에 빠져
치유되지 못한 이들이 많다.

무어라 위로할 말이 없다.
오직 함께 슬퍼할 뿐이다.

그들이 꺼져 가는 기쁨의 빛을 다시 소생시켜서

온전한 삶의 길을 밝히며 살기를 간절히 바란다.

산소 같은
기쁨이 없다면?

한 청년이 몸이 좋지 않다며 의사를 찾아왔다.
"어디가 아픕니까?"
"잘 모르겠습니다. 몸이 피로하고
몸살기가 있는 것 같아요."
"술을 마십니까?"
"아니요."
"담배를 피웁니까?"
"아니요."
"여자친구가 있습니까?"
"아니요."
"아니 그러면 무슨 재미로 오래 살려고 하세요?"

"무슨 재미로 오래 살려고 하느냐?"라는 이 물음이
그냥 우스개로 들릴 수도 있으나
여기에 그냥 흘려보낼 수 없는 내용이 있다.

먼저 '무슨 재미'라는 말에
'인생은 즐겁게 살아야 한다.'라는 의미가 있다.

그런데 무언가 즐기려면 먼저
기쁨이라는 감성이 필요하다.
내 안에 기쁨이라는 감성이 없다면
어떻게 즐거운 기분이 생기겠는가.

예를 들어 숨을 쉬려면 먼저
산소가 풍부한 공기가 필요하다.
공기가 없다면 어떻게 숨을 쉴 수 있겠는가.

즉 인간에게 기쁨이란 산소와 같은 것이다.

산소가 풍부한 맑은 공기를 마시면
상쾌한 기분과 함께 기운도 솟는다.
이처럼 양질의 기쁨으로 삶을 즐긴다면
기쁨이 내리는 길을 함께 걸어가는
'선인의 기쁨'으로 삶의 질도 좋아진다.
이와 반대로 타인이 잘못되는 것을

기뻐하는 불량한 기쁨은 '악마의 기쁨'이다.

다음으로 "오래 살려고 하느냐?"라는 물음에
'일찍 죽는 것보다 오래 사는 게 좋다.'라는
의미가 있다. 인간은 시간과 함께 살아간다.
그 시간은 유한하다. 그렇다면 과연
'나에게 시간이 어떤 의미가 있는가?'를
알아야 한다.
왜 촌음을 아껴 가며 살아야 하는지.
과거 현재 미래가 나에게 어떤 영향을 주는지.

인간이 태어날 때부터 소유하는
소중한 두 가지가 있다.
바로 기쁨과 시간이다.
인간은 기쁨을 지키고 시간 속에 사는 유한 생명체다.

인간은 자신 안에서 악마의 기쁨이 아니라
선인의 기쁨이 생동하길 바라며
이를 위해 유한 시간 동안에 배우고
익히고 다듬어야 한다.

당신은 살아 있는 동안
시간을 떠나지 못한다.

당신은 시간이라는
컨베이어 위에 놓여 있다.

당신의 시간 컨베이어는
되돌아가지 않고 앞으로만 간다.

당신의 시간 컨베이어는 잠을 자고 있어도
멈추지 않고 앞으로만 간다.

당신은 당신만의
시간 컨베이어로 움직인다.

당신은 시간 컨베이어 위에서
혼자 갈 수도 함께 갈 수도 있다.

당신의 시간 컨베이어는
언제든지 자유롭게 갈아탈 수가 있다.

당신의 시간 컨베이어는
절대 멈추지 않는다.

당신은 시간 컨베이어 위에서
죽을 때까지 내리지 못한다.

당신은 시간 컨베이어 주위에서
일어난 일을 알 수 있다.

당신은 시간 컨베이어 주위에서
펼쳐지는 장면이나 광경을 볼 수 있다.

당신은 저마다
다른 시간 컨베이어 위에서 미래로 향해 간다.

당신은 시간 컨베이어 위에서
언제 누구와 함께 어디를 가고
무엇을 어떻게 했으며 왜 가는지 알 수 있다.

당신은 지나온 시간 동안

일어났던 일을 느낄 수도 들을 수도 볼 수도
기록할 수도 기억할 수 있다.

당신은 지나온 시간 동안
일어났던 일을 배우고 익히고 추억이나
경험을 자기 발전 요소로 활용할 수 있다.

당신은 지나온 시간 동안
일어났던 일이 반복되는지
새로운 것인지 알 수가 있다.

당신은 어디로 가고 있는가?
지나온 일을 돌아보면 짐작할 수가 있다.

당신은 무엇을 해야 하는가?
지나온 일을 돌아보면 판단할 수가 있다.

당신은 어느 시간 컨베이어를 타고 갈 것인가?
나 스스로 선택한다.

타인이 당신이 갈 길을 결정해도
어차피 그 길은 당신이 가야 할 길이다.

과거 현재 그리고 미래는
단순한 시간의 흐름이 아니다.
과거 현재 그리고 미래는
시간과 공간의 흐름이다.

과거 현재 그리고 미래 공간의 크기는
저마다 수용 능력에 따라 다르다.

* * *

기쁨이 내리는 길을 함께 걸어요.

인간은 살면서 자신의 기쁨을 위하여
생각과 행동을 합니다. 그러면서 시간은 흘러갑니다.

돌아보면 흘러간 시간 동안 자신이 한 일은
자신의 기쁨을 위한 것입니다.

결과적으로 인간의 과거는 기쁨이 쌓이는 시간입니다.

그런데 과거의 시간에서 아픔과 고통이 스며든
슬픈 사연이 더 많이 쌓인 것처럼 보입니다.

그 이유는 간단합니다.

기쁨으로 태어난 인간이 기쁘고 즐겁게
산다는 현상은 당연한 현상입니다.

당연한 현상은 특별한 자극이 없는 한
기억에서 별로 남지 않습니다.

사실 먹고 배설하고 숨 쉬고 잠자는 것이 기쁨입니다.
그런데 그것을 기쁨으로 여기는 사람이
얼마나 되겠습니까.
이것이 불편하여 일상이 힘들 때 비로소
그것이 기쁨인 줄 알게 됩니다.

예를 들어 '숨을 쉰다.'라고 말하면서

'공기를 마시고 숨을 쉰다.'라고
말하는 사람은 거의 없습니다.

숨을 쉬면 당연히 공기를 마시기 때문입니다.

어떤 폐쇄된 공간에서 숨이 막히면 그때야
공기가 없는 것을 알고 공기 구멍을 찾습니다.

그리고 다행히 어디선가 공기가 들어와서
숨통이 트이면 '공기 있음'의 고마움보다
숨이 막혀 죽을 뻔한 기억만 오랫동안 남습니다.

만약 인간이 '공기 있음'의 고마움을
알고 사는 인간이라면 그는 항상 기쁨과
함께 살아가고 있다는 것도 알 것입니다.
그리고 이런 말을 할 겁니다.

"나는 산소 같은 기쁨으로 살아요!"

산소가 생명의 힘이라면 기쁨은 삶의 힘입니다.

산소가 희박하면 숨쉬기 힘든 것처럼
기쁨이 사라지고 슬픔이 깊어지면
세상을 버티며 살기가 힘들어집니다.

슬픔이 깊어 삶이 숨 막힐 듯이 답답해도
내 안의 기쁨은 산소처럼 당신을 지키려고
안간힘을 씁니다.

지난 시간과 공간 속에서 일어난 모든 일을
당신의 기쁨이 지켜보고 있습니다.

당신의 시간은 변함이 없어도
당신과 공간은 변합니다.
당신은 불변함과 변함의 사이에서
수많은 시행착오와 실패를 합니다.

새로운 기쁨을 위해서 실패는 당연한 현상입니다.
실패는 슬픔이 아니라 또 다른 기쁨을 위한
발판입니다.

당신의 과거는 당신의 실수를 바로잡고
잘못된 것을 고쳐서 미래에 더 큰 기쁨을
얻을 수 있도록
항상 당신을 응원합니다.

당신이 타고 있는 시간 컨베이어는
당신을 주인공으로 모십니다.

당신의 모든 과거는
당신의 미래가 잘되기를 응원합니다.

당신의 기쁨을 응원합니다.

채우면 즐겁고
비우면 편안하다

방 한가운데 달항아리가 놓여 있다.
달항아리는 채움일까?
아니면 비움일까?

누군가 말한다.

"비움입니다.
달항아리 속에 무언가 채울 수 있기 때문입니다."

"채움입니다.
이 방을 달항아리가 채우고 있기 때문입니다."

처음부터 이 방에 달항아리가 없었다면
비움이 있을까?

"있습니다. 달항아리가 없으면
이 방은 비어 있는 공간이기 때문입니다."

"없습니다. 공간 속에 집이라는 채움 없는
방이라는 비움은 없기 때문입니다."

채움 없는 비움은 없다.
비움 없는 채움도 없다.

어쨌든 이 방에 내가 없다면
이 방에 무슨 즐거움이 있겠는가?

단풍으로 물든 산이 스스로 아름답다고 말하겠는가?
내가 산을 보고 아름답다고 말하는 거지.

빈방에 멍하니 앉았으니
채움과 비움을 오가며
뫼비우스의 띠 위를 걸어 보자.

빈방은 채움일까 비움일까?

집이 있어 빈방이 있다.
집이란 땅 위의 공간을 채운 게 아닌가.
우주 공간의 비움이 먼저라면
집을 지을 수 있는 공간을 무엇이 받쳐 주는가?
우주 공간에 지구 같은 채움이 없으면
어떻게 집을 지을 수 있겠는가?
아직도 인간의 삶이 비움에서 비롯된 것인가?

우주 공간에 있는 이 행성 위에서
인간의 몸덩이는 채움인가 비움인가?

"채움입니다."

내 몸덩이가 없는 곳에서 내가 있는가?

"없습니다."

나의 시작이 채움이 먼저인가 비움이 먼저인가?

"채움이 먼저입니다."

몸덩이만 있으면 살 수 있는가?

"없습니다."

나의 즐거움이 채움이 먼저인가 비움이 먼저인가?

"비움이 먼저입니다."

꼬르륵!

어디선가 채움과 비움의 합창 소리가 들린다.
원초적 기쁨을 애타게 부르는 소리다.

"어~~~허, 밥이나 먹고 합시다."

달항아리를 보면 즐겁다.
달항아리에는 채움과 비움의 즐거움이 있다.
달항아리 겉은 흙의 채움이다.
달항아리 속은 흙의 비움이다.

달항아리는 공간의 제한이 있다.
열린 마음의 공간에는 제한이 없다.
열린 마음에 비움이 무슨 의미가 있겠는가.
수천 권의 책을 읽고 온 세상의 경치를 눈에 담아도
마음이 풍선처럼 부풀어 터질 일이 없다.

좋은 생각을 채우면 기쁘고
쓸데없는 생각을 비우면 편안하다
열린 마음이면 넉넉함으로 항상 기쁘다.

채움과 비움 사이에 여백이 있다.
채움은 아름다움이다. 비움은 여유다.

"어떻게 삶의 즐거움을 이끌 것인가?"

여백이 있는 삶이다. 여백은 만족이다.

여백이 있는 삶, 즉 만족함을 아는 삶이다.
'만족을 앎'이란 배가 부르기 전에
수저를 놓는 것과 같다.

이것으로 아름다움과 여유가 있는 넉넉한 삶이 된다.

이런저런 자문자답을 하면서
달항아리를 쳐다보는 이 시간이 즐겁다.

* * *

기쁨이 내리는 길을 함께 걸어요.

세상을 살다 보면 시빗거리가 끊임없이 생깁니다.
서로의 주장이 팽팽히 맞서고 있습니다.
여기도 옳고 저기도 옳습니다.
중간 지점에서 합의점을 못 찾으면
끝이 없어 보입니다.

모든 시빗거리에는 음과 양이라는 양면성이 있습니다.
행복이 있으면 불행이 있고 성공이 있으면
실패가 있습니다.

이 양면성을 우리네 삶의 일부분으로

포용해야 편합니다.

양면성을 포용하면 화를 낼 이유가 없습니다.

누가 반대하는 주장으로 상대를 비판해도
그럴 수도 있다는 포용으로 상대편 주장을
대하면 자신의 기쁨에 상처를 입지는
않을 겁니다.

옳고 그름을 따지기 위해
신경을 쓰다 보면 스트레스가 쌓입니다.
그래서 항간에는 마음을 비우고
집착하지 말라고도 합니다.
사실 마음으로 마음을 다스리기는 힘든 작업입니다.
신경을 쓰지 않으려고 신경을 써야 하니
잘못하면 스트레스가 더 쌓일 수가 있습니다.

그 대안으로 자기가 좋아하는 일에 몰두하는 것입니다.

관심을 안에서 밖으로 돌리는 겁니다.
따질 일이 있으면 따지되 여유를 두십시오.
스스로 자신의 기쁨을 해치는 일이 없어야 합니다.

적에게도 화해의 문을 남겨 놓듯이 말입니다.

당신의 기쁨을 응원합니다.

내 안의
기쁨을 믿는다

무언가 눈에 보인다는 것은 상대성이다.
꽃이 보인다는 것은 꽃 밖에서 꽃을 보는 것이다.
만약 세상에 엄청나게 큰 꽃이 있어서
사람이 그 속에 들어갔다면 인간이
그 꽃이 어떻게 생겼는지 볼 수 있을까?

하늘에서 하늘을 볼 수 없듯이
물속에서는 물을 볼 수 없다.

땅 위에서 하늘을 볼 수 있고
물 밖에서 물을 볼 수 있다.

투명하고 충만함 속에 있으면
아득하기만 하고 보이는 게 없다.

존재는 본래의 존재 외의 다른 존재가
본래의 존재가 충만한 공간에 스며들어
혼재된 상태에서 드러난다.
맑은 물에는 색이 없고 혼탁한 물에는 색이 있다.

세상에 생명만 있다면
하늘에서 하늘을 볼 수 없듯이
생명이라는 존재는 드러나지 않는다.

생명이 다른 물체와 혼재되었을 때
비로소 생명체의 형상으로 세상에 드러난다.

생명이 인간의 틀을 입으면 인간으로
생명이 토끼의 틀을 입으면 토끼로.

생명은 다 똑같다.
생명체의 형체가 다를 뿐이다.

인간의 틀이 어떤 것은 좀 보기 좋고
어떤 것은 좀 균형이 안 맞기도 하다.

시간이 오래 지나면 낡아서 너덜거린다.

네가 잘 났느냐 내가 잘 났느냐며
살아가지마는 인간을 오직 생명이라는
주제로 관찰하면 모두가 똑같다.
노인들을 보면 모두 똑같아 보인다.

지금은 잘났느니 못났느니 해도
세월이 갈수록 너나 나나 닮아 간다.

땅 위에 생명이
온갖 틀을 입고 있다.
세상은 혼탁하다.

너와 내가 드러나고
너와 나는 다른 존재이고
너와 나는 상대가 되었다.

인간의 고통은
내 안에서 자발적으로 발현된 것이 아니다.

내 안의 기쁨을 지키려는 상대적 분별심에서
무시로 나타나는 현상이다.

인간의 내면만 보면 인간의 삶은 기쁨이다.
인간의 외면만 보면 인간의 삶은 고통이다.
인간이 외적인 분별심을 제거할 수 있다면
고통은 해소될 것이라는 지혜가 생긴다.

상대가 없으면 분별심이 생기지 않는다.

혼탁한 세상에서 분별심을 일으키는
상대적 존재를 내 의지로 제거할 수가 없다.

상대적 존재를 없애기 위해서 자기의식을
스스로 다스리는 수양을 방편으로 삼는다.

명상을 통해 감정을 벗어나는 수양이 있다.
눈을 감고 명상하면 머릿속에서 이리저리
들락거리는 장면이나 생각이 보인다.
머릿속에 떠오르는 장면이나 생각에 따라

싫었다 좋아졌다 화났다가 애타다가 미워졌다가.
정신이 사납다. 이럴 때 마음속으로 호통을 친다.

'이게 무언데 이리 까불고 있는가! 썩 물러나라!'

마음을 어지럽히는 현상을
자기 의지로 치워 버린다.
불가에서는 명상의 수양이 경지에 이르면

천둥 소리에도 놀라지 않는 사자처럼
그물에도 걸리지 않는 바람처럼
진흙에 더럽히지 않는 연꽃처럼
무소의 뿔처럼 혼자 갈 수 있다고 말한다.
순수한 내 안의 기쁨을 얻는 순간이다.

기독교에서는 이렇게 말한다.

"너희 염려를 다 주께 맡겨라.
이는 그가 너희를 돌보심이라."

믿음이다. 모든 문제의 해결은 스스로 해야겠지만
이런 든든한 믿음이 있으면 더욱더 용기 있는
생각과 행동을 할 수 있다.

"주님이 나와 함께하는데
그까짓 고통과 괴로움쯤이야."

지극한 믿음은 죽음도 두렵지 않다.
숭고한 내 안의 기쁨을 얻는 순간이다.

일반적으로 몸과 마음이 불편할 때
약보다 좋은 게 운동이다.
건강한 내 안의 기쁨을 얻는 순간이다.

삶에서 무엇이든 믿음이 있는 사람은
평정심을 쉽게 잃지 않는다.

언제 어디서나 내 안의 기쁨을 믿는다!

* * *

기쁨이 내리는 길을 함께 걸어요.

식물과 동물은 대부분 번식으로서 할 바를 다합니다.
식물은 꽃을 피워 씨를 남기고
동물은 새끼를 남기고 죽습니다.

인간은 생식 능력을 잃어도
생명체가 유지되는 한 생명은 살아 있습니다.

인간은 생명체로서 번식 역할을 다해도
죽는 날까지 살아가야 할 시간이 길게 남아 있습니다.

긴 여생을 어떻게 지루하지 않고
즐겁게 보낼 수 있을까?

이 물음에 대한 답으로

나는 자식 키우기를 넘어서
내 안에서 충만한 생명이 피울 수 있는
기쁨의 꽃이 보고 싶었습니다.

쓸데없는 생각을 벗어나서
순수한 내 생명의 기쁨에 집중하고 싶었습니다.

나는 '자기 매력'을 생각했습니다.
인간에게는 누구나 생명에서 우러난
'자기 매력'이 있습니다.

나는 자기 매력을 중심으로 나 그리고
함께하는 세상에 관하여 고심했습니다.
고심의 결과물로 세상에 나온 책이 바로
『자기 매력 시대』입니다.

우리 인간은 언젠가는 생명을 감싸고 있는
틀을 벗습니다.
'하늘에는 하늘이 없다.'라는 것처럼 있어도 없는 듯이
온 우주에 충만한 생명의 근원으로 돌아갈 것입니다.

당신의 기쁨을 응원합니다.
당신의 삶에 기쁨이 가득하길 기원합니다.

당신이 살아 있는 동안

당신 생명의 근원에 담겨 있는

기쁨의 창조력을 세상에 끄집어내어

당신의 세상에 당신의 자유 의지로 이루어 낸

당신만의 아름다운 꽃을 피워 보시길 기원합니다.

당신의 기쁨을 응원합니다.

나르시스의 사랑은
사랑이 아니다

왼쪽 눈이 오른쪽 눈을 볼 수 없다.
왼쪽 눈이 오른쪽 눈을 만날 수 없다.
왼쪽 눈과 오른쪽 눈은 서로 모른다.

바라보는 세상이 같아도
왼쪽 눈은 왼쪽에서
오른쪽 눈은 오른쪽에서 두 눈은 각각
있는 그대로 존재할 뿐이다.

하지만 세상을 온전하게
바라보려면 두 눈이 각각 바라본 세상이
하나로 조합되어야 한다.

마찬가지로
세상을 온전하게 살려면 나는 나대로 너는 너대로가

아닌 너와 내가 함께할 수 있는 대화가 필요하다.
비록 서로 만나지 못할지라도.

세상을 잘 살기 위해서 대화가 필요하다.

사랑을 고백해도 대답 없는 사랑
사랑을 못 하는 자에게 고백하는 사랑
사랑의 고백이지만 대화 없는 고백이다.
대화 없는 고백은 진정한 고백이 아니다.
대화는 이해와 배려를 바탕으로
서로의 생각을 소통하는 과정이다.
대화는 말을 못 해도 몸짓으로 할 수 있다.
대화는 눈빛만으로도 할 수 있다.

자신을 사랑하지 못하면서
사랑받거나 주기를 애태우는 사랑
이것은 사랑이 아니라 집착이다.
소위 나르시스의 사랑이다.
나르시스의 사랑은 사랑이 아니다.

내가
거울 같은 사물에
비치지 않으면 내 모습을 모른다.

원시 인간이
시냇물에 비친 자기 모습을
처음으로 발견하고

기뻐했을까?
두려워했을까?

신화는 이렇게 이야기한다.

나르시스가
물속에 비친 자기 모습에 반했다.

나르시스는
물속에 비친 자기 모습을 보고
기쁨에 못 이겨 자신을 사랑해 주길 원했다.

물속의 자기 모습은 자신을 쳐다만 볼 뿐
자신에게 사랑을 허락하지 않았다.

마침내 식음을 잊은 채
물속의 자기 영상만 바라보다 죽었다.

나르시스는
자기 영상으로부터 사랑을 받지는 못했지만
자신은 자기 영상으로부터 사랑받기를
죽을 때까지 원했다.

누구를 사랑하려면 먼저 자신에게
고백할 수 있어야 한다.
자신에게 고백하려면 자기 자신과
대화를 할 수 있어야 한다.
자신과 대화를 하면 내 안의 기쁨이 반응하며
사랑의 이유가 떠오른다. 사랑에는 이유가 없다는
말도 있지만 사실 이유 없는 사랑은 없다.
'이유 없음'이 이유이기 때문이다.

상대를 사랑하면 걱정도 생긴다.

집에 잘 들어갔는지. 밥은 먹었는지.

못 만날까 봐, 헤어질까 봐 두려워 잠도 못 이룬다.

비 오면 비 오는 대로 눈 오면 눈 오는 대로

기쁨도 생기고 걱정도 생긴다.

소식이 없으면 핸드폰을 안고 근심거리도 생긴다.

그래서 사랑에는 아픔과 고뇌가 따른다.

사랑은 아픔과 고뇌를 기쁨으로 여긴다.

그러나 아픔과 고뇌는 슬픔을 동반한다.

사랑하기 때문에 헤어지는 경우처럼

본의 아니게 사랑을 이루지 못하는

일도 있기 때문이다.

누구를 사랑하려면 먼저 자신을 사랑해야 한다.

나르시스가 물에 비친 자기 영상으로부터

사랑을 받지 못했다는 이야기는 나르시스가

자신을 사랑할 수 없는 자임을 의미한다.

나르시스는 타인을 사랑할 수 없는 자이다.

타인을 사랑할 수 없다는 말은 고집과 아집에

사로잡혀 자기 자신은 물론이고
타인과 대화가 통하지 않는다는 말과 같다.

우리는 나르시스 신화 해석을 통해서
쉽게 이기주의만 떠올린다.

나르시스는 이기주의 상징이 아니다.
나르시스는 집착주의 상징이다.

이기주의는 자기 사랑이 가능하다.
나르시스는 자기 사랑도 못 한다.
나르시스는 자기만 쳐다보고 누구와도 대화가
통하지 않는 전형적 집착주의다.

여기서 나르시스의 사랑을 예로 든 것은
집착을 사랑으로 오해하여 상대에게
사랑이란 이름으로 대화도 없이
불편을 끼치는 일이 종종 일어나기 때문이다.

나르시스는 우리에게 묻는다.

"이 세상에서 자기보다
자신을 사랑하는 자가 어디 있는가?"

나르시스는 사랑이란 말을 할 수가 없다.
자기를 사랑하지 못하는 자에게
사랑은 없기 때문이다.

암수로 나누어 태어난 인간의 기쁨은
홀로 완전하지 않다.
인간은 본능적으로 자신의 부족함을
채우기 위해 움직인다.

부족한 내 안의 기쁨을 너의 기쁨으로 채우고
부족한 너의 기쁨을 나의 기쁨으로 채워서
완전한 기쁨으로 살고 싶은 욕망이 이룬 사랑,
바로 완전한 사랑이다.

하지만 기적이 아닌 한 완전한 사랑이란
있을 수가 없다.
그래서 인간의 사랑에는 고뇌와 갈등이

따르기 마련이다.

사랑에는 항상 고뇌 담긴 서로의
이해와 배려가 필요하다.
사랑은 함께 슬퍼하고 함께 기뻐한다.

그런 사랑이 무르익으면 눈빛만 보아도 서로에게
힘이 되는 생각과 행동이 나온다.

* * *

기쁨이 내리는 길을 함께 걸어요.

우리는 주위에서 사랑이라는 말을 많이 듣고
책 속에서도 사랑이라는 단어를 많이 만납니다.
특히 노랫말에서 사랑이라는 말이 주로
주제로 등장합니다.
여기도 사랑 저기도 사랑 온 천지에
사랑이라는 말이 넘쳐흐르는데
정작 '사랑이란 무엇인가?'라는 질문에는

사람마다 다른 정의를 내립니다.

나도 여기서 남녀의 사랑이 아니라
일반적인 사랑의 정의를 하나 만들겠습니다.

좋아하는 것과 사랑은 다릅니다.
좋아하는 것은 상대에게 선의의 관심을
나타내는 것입니다.

사랑은 상대에게 내 안의 기쁨을 주는 것입니다.
내 안의 기쁨을 상대에게 주었으니
상대의 기쁨도 당연히 지켜야겠지요.

내 안의 기쁨을 준다는 것은
상대에게 자신을 내어 주는 겁니다.
상대의 기쁨을 지키기 위해
자기희생도 기쁨으로 여기는
행위는 숭고한 사랑입니다.

당신을 '좋아합니다.'라는 말은

'당신에게 선의의 감정이 있습니다.'라는 표현입니다.
당신을 '사랑합니다.'라는 말은
'당신에게 나의 기쁨을 드리겠습니다.'라는
의미가 있습니다.

기쁨을 지키지 못하는 사랑은 사랑이 아닙니다.

남녀의 사랑은 고백을 해야 합니다.
마음으로 아무리 사랑하더라도
상대에게 표현을 안 하면 아무 소용이 없습니다.
하지만 일방적인 사랑 고백은 실패할 수 있음을
염두에 둔다면 비록 고백이 실패하더라도
아쉬움은 없을 겁니다.
아무런 고백을 하지 않은 것보다 백번
잘한 일이기 때문입니다.

알고 보면 남녀의 사랑 고백은 상대에게
그냥 기쁨이 아니라 상대에게
필요한 기쁨을 주는 일입니다.

상대를 모르고 상대가 필요하지 않은 기쁨을 준다면.
왠지 모르게 시큰둥한 반응을 보일 겁니다.

상대에게 부족한 것이 무엇일까?
내가 그 부족을 채워 줄 수 있을까?
내가 상대를 왜 사랑할까?
이런 물음으로 정리된 답을 담아서
고백한다면 성공할 가능성이 있습니다.

어느 날 어릴 때 친구를 20년이 지난 후에
만났습니다.
그는 갑자기 내 여동생의 안부를 물었습니다.
지난 세월 동안 내 여동생을 잊지 않았다는
얘기입니다.

"내가 너 여동생을 참 좋아했었는데. 잘 지내고 있나."

그 친구와 오랫동안 서로 왕래하면서 함께 놀고
여행도 가고 명절날 인사차 서로 집안 어른을
찾아뵙고 했는데 그동안 한 번도 내 여동생에

대한 말을 꺼내지 않았습니다.
나도 친구를 좋아하고 여동생도 싫어하지 않았습니다.

그런데 왜 말을 못 했을까요?

만약 내 여동생이 친구와 결혼했다면 어찌 됐을까요?
뭐 별로 달라질 게 없다는 생각이 듭니다.
열심히 돈 벌고 사랑하고 자식 낳고 늙고
그렇게 살겠지요. 부자로 사느냐 가난하게 사느냐가
무슨 대숩니까. 즐겁게 살면 되지요.

단지 좋아하면 좋아한다는 말도 못 하는 친구가
과연 여동생의 기쁨을 제대로 지켜 줄 수 있을지
모르겠습니다.

만약 당신이 사랑하는 사람이 있다면
항간에 떠도는 밀당(밀고 당기기)이니
간(일종의 테스트) 보니 하는 행위는 버리고
상대가 필요한 기쁨이 무엇인지 알고
먼저 정중하게 고백을 하십시오.

말을 하지 않으면 누구도 당신의 진심을 모릅니다.
진심으로 상대에게 필요한 기쁨을 주겠다는
말을 하는데 무엇이 두렵습니까.
어쩌면 그 고백이 상대를 구원할 수도 있습니다.
상대가 당신을 짝사랑할지 어떻게 알겠습니까.

당신의 기쁨을 응원합니다.

나에게
내가 있다

인간은 자기가 한 말과 행동 그리고
자기의 감정에 대해서
'내가 왜 이러지?'라며
스스로 의문이 생길 때가 있다.

겉으로는 상대에게 나쁜 말을 하면서도
마음 한쪽에선 그래선 안 되는데
하는 생각이 들 때도 있다.
길을 가다가 넘어지거나 비틀거릴 때도
이러면 안 되는데 하는 생각이 들 때가 있다.

그럴 때 인간은 자기를 지켜보는
또 하나의 자기가 자신 안에 있음을 느낀다.
또 하나의 자기는 용기를 주기도 하고
격려도 하고 반성을 요구하기도 한다.

몸이 물길 따라 떠돌고
마음이 바람 따라 흔들릴 때
내가 나를 안고 멈춘다.

몸이 흐르는 물길이 막히고
마음을 흔드는 바람이 멈추면
내가 나를 안고 떠난다.

나에게 내가 있지
언제나 내 편 내가 있지.

내가 슬플 때 나는 이렇게 말하지.

슬프지 울고 싶지.
그래 울어 실컷 울어
얼마나 슬프겠니.
너보다 내가 더 슬픈 것 같아
나도 울고 싶다.
울자 함께 울자 속 시원히 울자.
이제부터 혼자 울지 마라.

네 곁에 내가 있잖아!

내가 답답할 때 나는 이렇게 말하지.

답답하지 말해 봐.
나한테 다 터놓고 말해.
무슨 말이든 다 말해.
내가 다 들어줄게.
속 시원히 다 말해.
답답하면 큰 소리로 말해.
참지 말고 왜 참니.
네 곁에 내가 있잖아!

내가 힘들 때 나는 이렇게 말하지.

힘들지. 고생 많았어.
너무 애쓰지 말아라. 몸도 생각해야지.
난 널 믿어. 넌 해낼 수 있어.
힘들면 말해 언제든지. 넌 혼자가 아니야.
네 곁에 내가 있잖아!

내가 아플 때 나는 이렇게 말하지.

아프지. 많이 아프지.
걱정하는구나. 걱정하지마.
나아질 거야. 금방 나아질 거야.
넌 강하잖아. 난 널 믿어.
넌 이겨 낼 거야.
힘들면 말해 언제든지.
네 곁에 내가 있잖아!

내가 고민이 많을 때 나는 이렇게 말하지.

고민되지. 문제 많지.
그렇겠지. 그럴 거야.
시련이구나. 넌 극복할 거야.
난 널 믿어.
내가 필요하면 언제든지 말해.
무엇이든 도와줄게.
네 곁에 내가 있잖아!

내가 나쁜 말을 들었을 때 나는 이렇게 말하지.

무슨 소릴 하는 거야. 누가 그랬어.

누가 그랬냐고? 다 헛소리야.

맘에 두지 마.

네가 어디 그럴 사람이야.

난 널 믿어.

내 도움이 필요하면 말해 언제든지.

네 곁에 내가 있잖아!

내가 바쁠 때 나는 이렇게 말하지.

바쁘지 많이 바쁠 거야.

아무리 바빠도 그렇지.

쉬엄쉬엄해. 끼니 거르지 말고.

넌 잘해 낼 거야.

난 널 믿어.

내가 필요하면 말해 언제든지.

네 곁에 내가 있잖아!

해냈어!

그래 너는 그걸 해냈어!

해낼 줄 알았어.

네가 누군데

암! 그렇고말고.

난 널 믿어.

내 곁에 네가 있어서

난 행복해!

* * *

기쁨이 내리는 길을 함께 걸어요.

어떨 땐 일터에 출근하고 싶지 않습니다.

날마다 직장 상사의 갑질이 너무 힘듭니다.

일상적인 결재인데도 이유 없이 반려되고

회의 때마다 다른 동료들 앞에서 핀잔만 줍니다.

아침에 출근하다가 어디 도랑에라도 빠지고 싶습니다.

어쩔 수 없이 돈 앞에서 머리 숙이고 웃고 있지만

웃는 게 아닙니다. 속이 쓰리고 가슴이 답답합니다.
박봉에 이러자고 내가 여기에 있나 싶어 우울합니다.
내 집 마련은 사라진 꿈입니다.
결혼도 못 할 지경입니다.
눈치만 살피고 사는 게 즐겁지 않습니다.
현실이 고됩니다.
위로를 받고 싶습니다.
일시적이라도 좋습니다.
달콤한 위로가 필요합니다.

이럴 때 타인이 전한 위로의 말을 믿으세요.
믿으면 내 것이 됩니다.

마음속에서 일어나는 번뇌를
한곳으로 집중하여 정화시킬 수 있는
정신적인 장치가 바로 믿음입니다.

'내 안에서 기쁨의 빛은 꺼지지 않는다.
나에게 씩씩한 내가 있다.
나는 어떤 시련도 용감하게 이겨 낼 수 있다.'

스스로 자신에 대한 믿음으로 마음의 고통을
안정시킬 수 없으면 신앙적 믿음이 도움이 됩니다.
교회나 성당이나 절을 찾아 믿음에 의지하면
편안해지기도 합니다.

강연회에서 참가자들이 강사의 말에 귀를 쫑긋 세우고
강사의 말을 따라 외칩니다.

"나는 할 수 있다!"
"나는 할 수 있다!"

이 말을 수없이 외치며 어떤 결심을 합니다.

강연장을 나오는 순간
가능성을 향한 열기는 사라집니다.
현실의 벽은 그 결심에 호락호락하지 않습니다.
들뜬 기분은 현실의 벽에 가로막혀
예전에 실망했던 그 순간으로 되돌아갑니다.
자못 바람 빠진 고무풍선처럼
허탈감마저 들게 합니다.

그래도 좋습니다.
무엇이든지 반복하여 마음에 주문을 외면
그대로 될 수가 있습니다.
믿는 게 중요합니다.

"나는 할 수 있다!"
"나는 잘될 거야!"

당신을 위한 좋은 위로의 말은 그냥 믿으세요.
힘들 때 그냥 반복해서 외칩니다.
달라집니다. 분명히 달라집니다.

당신의 기쁨을 응원합니다.

높이 나는 새에게
비움은 숙명이다

고요한 숲에서
새들이 목청껏 지저귄다.
그 소리에 나의 생기가 깨어나며
마음도 평온해진다.

새들은 이 나무에 저 나무로
자유롭게 옮겨 다니며
잎 사이로 번져 오는 아침 햇살 속을
헤엄치듯이 날고 있다.
아름다운 숲의 아침이다.

간혹 집 주위에서 새소리를 들으면
반갑기도 하고 웬일인가 싶어
창문을 열어 보기도 한다.
그 순간 후루룩 날아가 버리면

무언가 잘못한 것 같은 미안함도 든다.

시골길을 가다 보면
과수원을 온통 새그물로
뒤덮은 광경을 보게 된다.
과일 수확량에 가족의 생계가 달려 있으니
과수원 주인은 새라는 동물이 귀찮기만 하다.

누렇게 펼쳐진 논 위에도
마찬가지로 새그물이 펼쳐져 있다.
요즘 허수아비 정도로는 별 효험을 못 보는 듯하다.
주기적으로 새 떼를 쫓으려는 폭음 소리도 들린다.

어떨 땐 날아드는 새가 반갑기도 하고
어떨 땐 날아드는 새가 밉기도 하다.

인간은 새를 좋아해서
새장에 가두기도 하고
새를 싫어해서
쫓아내기 바쁘다.

무슨 연유이든지
인간 가까이 너무 가까이 다가가는
새는 곤욕을 치른다.
고요한 숲속에서 자유롭게 살아가는 새들도
배고픈 인간을 만나면 사냥감으로 변한다.
이렇게 인간은 자연에 상처를 만들고
목구멍이 포도청이라는 말을 변명 삼아
잘못을 저지른다.

정작 인간은 자기 이익을 앞세우면
무슨 잘못을 저지르는지도 모른다.

* * *

기쁨이 내리는 길을 함께 걸어요.

소년 시절에 친구들과 바닷가에서
큰 새를 한 마리 잡았습니다.
우리는 그 새를 삶아 먹기 위해서 친구들이 모여서
한쪽에서 불을 피우고 다른 쪽에서 새털을 뽑았습니다.

새털을 다 뽑고 나니 고기는 없고
뼈와 껍질만 있습니다.
고기가 있다고 해 봐야 마른 오징어처럼 얇게
뼈를 둘러싸고 있는 정도였습니다.
뼈를 두드리니 딱딱 소리가 아니라
통통 소리가 나는 겁니다.
뼛속이 완전히 비어 있는 겁니다.

나는 하늘을 나는 새를 보면
항상 비움을 생각합니다.
새가 높이 날 수 있는 것은
속을 대부분 비웠기 때문입니다.

날기 위해서 몸이 가벼워야 하고
몸이 가벼우려면 속을 비워야 하기에
아무리 먹이가 풍성해도 많이 먹지 않습니다.

큰 새일수록 높이 나는 새일수록
뼈에서 비어 있는 공간이 큽니다.
비움은 새의 숙명입니다.

인간이 새처럼 높이 날려면 머리를 채우고
몸을 비우는 능력을 익혀야 할 것 같습니다.

머리는 비어 있고 몸만 빈틈없이 채워진
닭처럼 살지 않으려면
양계장 같은 곳을 벗어나 야생에서
하늘을 우러러보는 정신도 배워야 할 것 같습니다.

당신의 기쁨을 응원합니다.

혼자서
기적을 즐긴다

어린 시절에 눈에 보이는 모든 것들은
호기심을 불러일으켰다.
내가 태어나서 처음으로 아버지에게 한 질문이 있다.
"왜 술을 마신 사람은 비틀거리는가?"
아버지의 답을 어린 나는 정말이라 여겼다.
"술을 마시면 땅이 푹 꺼졌다고 생각해서 밟으면
땅이 불쑥 솟아나고, 땅이 우뚝 솟았다고 생각해서
밟으면 땅이 푹 꺼진다."
내가 생각하기에 정말 신기한 현상이었다.
학교 수업 시간 내내 이 신기한 실험을
생각하며 설레었다.
방과 후 집에 오자마자 툇마루에서 청주를
맥주잔에 가득 따라서 쭉 들이키고 마당에 섰다.
그리고 마당을 빙글빙글 돌면서 이제나저제나
땅이 솟아오르거나 땅이 꺼지길 기다렸다.

엄마가 이런 내 꼴을 보았다. 여동생에게 물었다.
"너 오빠 저기서 뭐하나?"
"오빠 술 먹었다."
그날 나는 실험이고 뭐고 없이 빗자루 몽둥이로
호되게 맞았다.

그런 호기심에 이끌려 나는 가시덤불과 바위투성이
길을 지나고 산을 넘고 물을 건넜다.

아무리 힘들고 어려워도 아무런 불만이 없었고
오히려 자신의 용기가 용기를 부르고
소위 용기백배로 즐거운 행로를 걸었다.
그 용기로 무지개를 발견하고 그 뿌리를
찾겠다고 달리고 달렸다.

이제는 그곳이 닿을 수 없는 곳이란 걸 알았다.
그것을 알아챈 순간부터 몸에서 힘은 빠지고
정신은 허망한 신기루 사이를 오락가락한다.

사막을 걷더라도 거기까지 가면

오아시스가 있음을 알았을 때는
낙타 없이 걷더라도
지칠 일이 없을 것 같았다.
몇 번 신기루에 속다 보니 더 무엇을 찾아
움직이기가 두렵기도 하고 아예 싫어진다.

이제 혼자다.
내가 좋아했던 모든 것을 가졌다고 해도
어디 지금까지 남아 있기나 하겠는가.

다시 만나고 싶은 시절도 있고 사람도 있다.
다시 만날 수 있다면 얼마나 기쁘겠는가.
모두 이룰 수 없는 기대다.

그저 지금까지 살아 있는 것은 기적이다.
내 주위에 모든 것이 사라져도 이렇게 살아서
부질없지만 다시 만날 날을 기다려 본다.
이제 만나는 기쁨보다 기다리는 기쁨이 더 크다.

기적이 기적을 기다린다.

혼자 웃는다

여기 있어도 혼자
저기 있어도 혼자
혼자 있기 싫어 떠나도 혼자

혼자 웃는다

살아서 웃을 수 있다니
이건 기적이다

혼자서 기적을 즐긴다.

* * *

기쁨이 내리는 길을 함께 걸어요.

내 맘대로 꿈인들 어떻습니까.
어차피 꿈 같은 한세상입니다.

꿈속의 꿈이라도 세월은 갑니다.
그 세월 너나 나나 마찬가지입니다.

늙고 병들고 죽는 건 마찬가지입니다.
사는 동안 맘 편히 살고 싶습니다.

살아 있는 나날이 기적입니다.
날마다 새로운 기적과 함께하는
날마다 기쁜 날입니다.

웃으면서 살기 바랍니다.

당신의 기쁨을 응원합니다.

인연의 '이음과 끊음'을
분명히 한다

온 산하에서 유혹의 입김을 내뿜는 5월에
산기슭마다 하얀 아카시아 꽃이 흐드러지게 피었다.

예전 같으면 그 짙은 향기가 머리가 찡하도록
콧속을 쑤셨는데 어쩐 일인지 올해는
그 나무에 가까이 다가가도 코끝을 스치는 향기를
느낄 수가 없다.

나무가 땅에서 물기를 한창 빨아 당겨야 할
시기에 심한 가뭄으로 그러지 못했으니
향기를 한껏 뿜어내지 못하는 모양이다.

이렇게 떼어 낼 수 없는 나무와 땅의 인연도
하늘이 때맞춰 비를 내리지 않으면
그 부분만큼 퇴색한 모습으로 나타나는 것 같다.

마찬가지로 사람의 인연도 세상 돌아가는 형편에
걸맞아야 빛이 난다는 생각이 든다.

누군가 그 빛이 비친 길을 따라 세상을
움직일 수 있는 자리에 올랐다 해도
땅에 심은 나무가 적절한 환경이 되어야 왕성한
활착을 할 수 있듯이 자기 뜻을 제대로 펼치려면
그동안 함께해 온 수많은 인연을 뜻과 시기에 맞도록
적절한 '이음과 끊음'으로 변화시켜야 할 것 같다.

상생(相生)을 위한 노력도 처해진 환경과
추구하는 목적이 다르게 행해지면 결국
서로에게 불이익만 주는 상극(相剋)이
될 수 있다는 생각이 든다.

수도 생활을 하면서도 그동안 맺었던 인연으로 인해
번뇌가 일어난다는데 수많은 만남과 사연 속에서
살아가는 일반인들이야 나고 드는
번뇌가 오죽 많겠는가.

한 뼘 사람의 마음을 알지 못하고
한 치 앞도 내다보기 힘든 세상이다.
그런 가운데 서로 목적이 다른 사람들이 만나
인연을 맺었다면 그 앞길은 정말 예측하기 어렵다.

서로 목적이 다른 사람끼리 만나더라도
악어와 악어새 같은 공생(共生)의 관계라면
그것을 운명적으로 다가온 인연이라 여겨
서로에게 이익이 되는 부분을 나눌 수 있다.

하지만 저마다 존재 이유를 놓고
상생(相生)의 관계를 유지하려면
공생의 범위를 넘어 서로 치명상을 입지 않도록
시기와 처지에 따라 인연의 '이음과 끊음'이
분명해야 한다.

상생의 인연이란 말 속에는
내가 슬프면 상대도 슬퍼지고
내가 기쁘면 상대도 기뻐진다는
동고동락(同苦同樂)의 의미가 담겨 있다.

그런데 인연 중에는
상대를 속여 맺으려는 인연이 있고
서로를 속이며 맺은 인연이 있다.
이렇게 이기적으로 계산된 추잡한 인연은
막바지에 이르면 서로에게 걸림돌이 될 뿐이다.

이 돌에 걸려 앞으로 넘어지든 아니면
미끄러져 뒤로 넘어지든 그 결과는 넘어지는 자세와
받쳐 줄 바닥 모양에 달렸다.

그 바닥이 그냥 '모르쇠'라면 천 길 낭떠러지처럼
돼 버려 치명상을 입게 되고 참으로 슬프고 비참한
인연으로 막을 내리게 될 것이다.

금력과 권력은 서로 갈 길이 다르다.
이를 잘못 꼬면 세상의 흐름을 해치게 된다.
금력은 저마다 이익을 찾는 공생의 범주를 맴돌고
권력은 저마다 존재의 가치를 높이고 동고동락을 위한
상생의 범주에서 우러나온다.

금력과 권력을 서로 거래하면서
이를 상생이라 여기고 경거망동한다면
이것은 세상을 흐리는 상극(相剋)만 초래할 뿐이다.

　　상처

　　상처를 주고 아파하고
　　상처를 받고 아파하고

　　상처는 아프다
　　상처를 준 사람보다 받은 사람이 더 아프다

　　두고두고 아프다
　　두고두고 아프다가 그 아픔을 잊지 못한다
　　평생을 잊지 못한다.

　　　　　　* * *

기쁨이 내리는 길을 함께 걸어요.

우리 속담에
'정승 죽은 데는 안 가도
정승 당나귀 죽은 데는 간다.'란 말이 있습니다.

그만큼 백성들에게는 권력자의 세도가 위압적이라
그 앞에선 기침도 제대로 못 하지만
마음 한구석에는 존경심보단
그 위세 부림에 대한 경멸감이
들어앉아 있다는 얘기입니다.

요즘도 예전과 별로 다르지 않다는 생각이 듭니다.
사람의 본모습보다 배경을 더 크게 여기는 경향이
사회 곳곳에서 드러나기 때문입니다.

예나 지금이나
이 배경을 내세운 갑질로
뭇사람들을 슬프게 만드는 일들이
종종 일어나고 있습니다.

앞으로도 배경을 중시하는

사회적 심리 현상이 변하지 않는 한
배경을 내세운 갑질로부터 상처받는
일들이 사라지지 않을 것 같습니다.
특히 돈 좀 있다고 유세를 떠는 게 보기 싫습니다.
그 돈을 나한테 주기라도 했습니까?

현 사회가
일단 눈에 보이는 것에서 시작해
그 배경을 중점적으로 살피는 분위기라
상대적으로 기죽기 싫은 사람들은
분에 넘치는 치장을 한다든지 하다못해
명품 짝퉁이라도 차고 걸고 들어야만
안심되고 직성이 풀리는 것 같습니다.
어떤 사람은 자기 친척이 높은 자리에 있다고
돈이 많다고 자랑합니다.
그러다가 마치 자기가 돈 많고 높은 자리에 있는
사람처럼 상대를 하대합니다.

어쩌겠습니까. 눈이 하나만 있는 세상에서
눈이 두 개 달린 사람을 비정상으로 봅니다.

누가 비정상인지를 모르는 군상들 틈에서
상처를 입지 않는 방법으로 자기만의 존재감을
높여야 하겠지요.

여기에 배짱도 있습니다.
배짱은 실력입니다. 배짱도 재산입니다.
하지만 실력도 없이 무모한 담력만 나타내는 배짱을
우리는 똥배짱이라고 합니다.

"당신에게 배짱이 있습니까!"

당신의 기쁨을 응원합니다.

나의 기쁨이 흐르는
시간을 위하여

아침에
기쁨을 다짐한다

아침에 눈을 뜨고 창밖을 보면 동쪽
하늘에서 아련히 붉은 기가 피어오른다.
곧 태양이 뜬다는 신호다.

오늘의 할 일이 머릿속에 떠오른다.
일상적으로 늘 해 오던 일보다
예정된 새로운 일이 머릿속을 맴돈다.

"잘돼야 할 텐데."

그러면서 나름대로 오늘 벌어질 일들을 예상한다.
무슨 일이 벌어질지는 확실히 모르지마는
어느 정도는 짐작할 수 있다. 마음의 준비가 필요하다.

나는 오늘

나를 힘들게 하는 일과 사람들을 만날 것이다.

나는 힘든 일을 두려워하지 않으며
힘들게 하는 사람을 미워하지 않는다.
오늘도 기쁨이 나와 함께할 것이다.

나는 오늘의 주인공이다.

나는 나의 기쁨으로 고난을 이길 것이고
오늘도 즐거운 날이 될 것이라 믿는다.

과거의 나쁜 운명에 빠져 괴로워 말자.

과거와 현재를 딛고 일어나자.
지난 세월 동안 배우고 익히고 경험한
모든 것은 나의 기쁨을 위한 새로운 힘이다.

오늘, 나의 기쁨으로 가득한
내 세상이 열릴 것이다.

* * *

기쁨이 내리는 길을 함께 걸어요.

오늘 모든 일이 당신의 생각대로 일어날 겁니다.
오늘 당신에게 좋은 일이 일어날 것입니다.

당신의 시간은 가만히 있어도 흘러갑니다.
당신 앞에 좋은 일이 실제로 나타나지 않아도
당신이 좋은 일을 생각하고 있으면
생각하고 있는 좋은 일이 당신의 시간과
함께 지나갑니다.

잠을 자다가 좋은 꿈을 꾸면 잠자는 시간 동안
좋은 일이 일어난 겁니다.
잠을 자다가 나쁜 꿈을 꾸면 잠자는 시간 동안
나쁜 일이 일어난 겁니다.

지금 당신이 나쁜 일은 생각하면
나쁜 일이 일어나고 있는 겁니다.

지금 당신이 좋은 일을 생각하면

좋은 일이 일어나고 있는 겁니다.

당신의 기쁨을 응원합니다.

과거의 행적이
행운의 바탕이다

길 가다가 돈을 주울 때가 있다.
시험 준비를 제대로 못 했는데
시험 문제가 자기가 한 번 풀어 보았던
문제만 나올 때도 있다.
재수가 좋은 날이다.

어떨 땐 금지된 짓을 했는데도
그동안 한 사람도 적발되어 처벌을 받은 적이 없었다.
그래서 호기심이 발동하여 처음으로 금지된 일에
관심을 가지고 가볍게 한 번 해 봤는데
딱 걸리기도 한다.
참 재수가 나쁜 날이다.

이런 행운의 장난으로 자신의 운명이 생각지도 못하는
방향으로 흘러가기도 한다.

누구는 사람을 잘 만나서
기대하지도 않은 영웅이 되고
누구는 사람을 잘못 만나 폐인이 되기도 한다.

왜 이런 일이 일어날까?

여기에 대한 답으로 사람들은 말하기를
나쁜 사람을 만나지 말라고 충고를 한다.

물론 맞는 말이긴 하지만
만나는 사람이 좋은 사람인지
나쁜 사람인지 어떻게 알겠는가?

자기 앞에서는 온갖 감언이설을 널어놓고
뒤에서는 엉뚱한 짓을 벌이는 걸 어떻게 알겠는가?

궁금해서 점을 치기도 한다.
기대하고 점쟁이가 말하는 대로 하다가
낭패를 당하기도 한다.

옛날 사람들이 사람의 됨됨이를 알아보는 방법이 있다.
속담을 말해 보자. 바늘 도둑이 소도둑 된다.
큰 인물은 떡잎부터 알아본다.
콩 심은 데 콩이 나고 팥 심은 데 팥이 난다.
이런 속담이 생긴 것은 대부분의 일이
그런 식으로 일어나기 때문이다.

그래서 옛사람은 자녀를 결혼시킬 때
혈통과 집안을 따진다.
역설하면 자신의 상태가 올바르면 올바른 상태를
가진 사람이 나타날 가능성이 크다는 말도 된다.

여기서 좋은 사람을 만나려면 일단 자신부터
건전해야 한다는 한 가지 답을 얻게 된다.

또 하나는 사람을 만나서 그 관계가
깊어지기 전에 상대에 대해 알아보라는 것이다.

중요한 관계로 발전 가능성이 있을 때는
뒷조사도 필요하겠지만 대부분 상대가 만나는 사람과

상대의 말과 행동을 보면 어느 정도 짐작이 가능하다.

여기까지는 인간으로서 할 수 있는 일이다.

하지만 앞서도 말한 예기치 못한
우연한 만남으로 벌어지는 일을
인간으로서는 알 수가 없다.
그래서 옛사람들은 큰일을 앞두고
인간으로서 할 바를 다한 후에
주역이란 지혜를 통해서
점을 치고 흥망과 성패는 하늘에 맡긴다.
전장에서 죽어도 그것은 하늘의 뜻이다.
그것으로 자기 잘못이 아니라는 것과
다음의 기회가 있다는 것으로 위로도 된다.

운명은 우연의 연속으로 이루어진 순간순간
나타나는 결과이다.
이런 오리무중의 운명에 흔들리지 않도록
힘이 되어 주는 평상심 즉 채움과 비움에서
균형을 이루는 힘이 내 안의 기쁨에서 비롯된다.

어쨌든 장래에 일어날 일을 알 만큼 알아보고
나쁜 일이 일어나면 내 안의 기쁨의 힘으로
버티고 이겨 내야 한다.

길 가다가 돈을 줍는 행운에 대해서
이렇게 생각할 수가 있다.
실제 그런 일이 일어나기도 한다.

가난한 동네에서 돈 십만 원 빌리기가 정말 어렵다.
형편이 좀 나은 사람들이 사는 동네에 살면
그 정도의 돈은 쉽게 빌릴 수가 있다.
가난한 친구를 만나서 라면만 먹다가
부자 친구를 두면 기름진 음식도 얻어먹을 수가 있다.

빌리고 얻어먹자고 하는 이야기가 아니다.

자기 주변 환경에 따라 똑같은 일이라도
일의 질과 양이 자기도 모르게 다르게
일어날 수 있다는 얘기다.

어쩌다가 자신이 저지른 일이 자기 삶의 발목을
잡는 것은 자기가 책임을 질 수밖에 없다.
금지된 일을 자기가 저지른 것이고
시험에서 재수 좋게 점수가 잘 나온 것은
어쨌든 자신이 공부한 결과이다.
로또 당첨도 먼저 로또를 구매해야 기대할 수 있다.

바늘 도둑이 소도둑이 된다.
금지된 일을 하다가 들키지 않아서
재수가 좋다고 계속하다가는
정말 재수 나쁜 운명이 일어난다.

종합하면 자신의 과거의 행적이
행운의 바탕이라는 것이다.

과거의 불행으로 분노하면 할수록
미래의 불행을 만날 기회가 늘어난다.

과거의 행운으로 기뻐하면 할수록
미래의 행운을 만날 기회가 늘어난다.

미래의 행운을 위해
긍정을 긍정하고 부정을 부정한다.

과거의 불행으로 나타나는 분노를
분노하며 잊어버린다.

*　*　*

기쁨이 내리는 길을 함께 걸어요.

가는 말이 고와야 오는 말도 곱다는 속담이 있습니다.
말 한마디로 천 냥 빚도 갚는다는 속담도 있습니다.

화가 나신다면 화를 내기 전에 자신에게 물어보세요.

"내가 왜 화를 내야 하는가?"

무언가 오해를 했다거나 실수가 있었겠지요.
이미 엎질러진 물입니다. 어쩌겠습니까.
다 잘되자고 했던 일이 아닙니까.

당신이 잘못되기를 바라는 상대는 적입니다.
적에게 대응하는 방법은 다릅니다.
적은 화로서 물리칠 수가 없습니다.
차분하게 전략을 구상하고 계획을 하고
작전을 세워야 합니다.

적을 상대하는 것이 아니라면
화를 내기보다 다음을 위해 마음을 가라앉히고
정리해야 한다고 스스로 자기를 설득시켜 봅니다.

화를 마음에 품고 있으면 병이 됩니다.
어디 조용한 곳에서 명상하든지
아니면 고함을 질러 토해 내든지
친구를 만나 푸념을 늘어놓든지
스승을 만나 조언을 듣든지
노래방에서 신나게 지르든지
땀나는 운동을 하든지 나름대로
화를 해소할 방법을 찾아야 합니다.

상대가 있는 데서 화풀이를 한다면

서로 깊은 상처만 남습니다.
몸에 난 상처는 아물지만
마음에 난 상처는 아물지 않습니다.
서로 화해하여 마음의 상처가 사라졌다 해도
조그마한 충돌로 재발하기 쉽습니다.
자신의 기쁨에 해를 끼친 일들은
기억 속에 오래 남습니다.
자신에게 상처를 준 사람이나
재산상으로 피해를 주었던
사람은 절대 잊어버리지 않습니다.

만약 용서를 구할 일이 있다면 자기 고백부터 하세요.
용서하는 사람이나 용서를 바라는 사람이나
서로 마음에는 상처가 남아 있습니다.

용서를 바라면서 자기 고백이 없다면
무엇이 상대에게 상처를 주었는지 모릅니다.

자기 고백은 간단합니다.
자신의 기쁨 안에서 묻는 것입니다.

"무엇으로 나와 당신의 기쁨을 상하게 하였는가?"

그러면 내 안의 기쁨이 답을 줄 것입니다.
자기 고백은 언제 어디서든 할 수 있습니다.

자기 잘못을 알지도 못하고
상대에게 용서를 구한다면 거짓 용서가 됩니다.
오해까지 일어나면 더 큰 상처로 남게 되지요.

화가 화를 부릅니다.

이런 이야기가 있습니다.
내가 화가 나서 상대에게 심한 욕을 했는데
상대가 그 욕설에 대해 전혀 반응이 없으면
그 욕설은 도리어 자신에게로 되돌아온다는 겁니다.
되돌아온 화는 곱절로 커집니다.
어떨 땐 정말로 되로 주고 말로 받는 경우가 생깁니다.

상대에게 욕을 듣고 큰 상처를 받아 화가 난다면
잠시 말대꾸하지 말고 침묵하세요.

내 안의 기쁨이 자신을 자랑스러워할 겁니다.

하나, 둘, 셋을 세며 잠깐만 참으세요.

멋있는 기쁨의 주인이 되십시오.

당신의 기쁨을 응원합니다.

과거 나쁜 기억에
매달리지 말자

그리스 철학자 소크라테스
그의 제자 플라톤은 무언가 생각이 났다.

"인간은 몸에 날개가 없고 두 다리로 걷는 동물이다."

왜 플라톤은 인간이 생각하는
동물이란 내용을 생략했을까?
자신의 말이라면 대단한 사상으로 여겼던
당시 사람들에 대한 오만함이었을까?

그리스 철학자 디오게네스
닭을 한 마리 잡아서 깃털을 다 뽑았다.
디오게네스는 깃털 없는 닭을
플라톤의 찬미자들 앞에다 내던졌다.

"이게 플라톤이 말하는 인간이란 물건이다."

디오게네스는 플라톤을 사기꾼으로 취급했다.

인간은 날고 싶어도 날 수 없다.
닭은 네 발이 아닌 두 발로 걷는다.
날개 없는 닭은 날지는 못해도 두 발로 걷는다.
인간을 인간으로 보지 않고 한갓 동물로만 본다면
육체적으로 인간이 날개 없는 닭처럼
보일 수도 있다.

디오게네스가 플라톤이 한 말을 비꼬는
행동을 벌인 것으로 보면
디오게네스는 인간이 생각하는
동물이란 것을 알았던 것 같다.

어느 연회장에서 누가 디오게네스에게
고기 뼈다기를 하나 던졌다.
디오게네스는 그의 몸에 오줌을 갈겼다.
사람 취급 안 하는 사람에게 사람 취급을

하지 않은 것이다.

디오게네스의 행동이
생각 없이 사는 인간을 향한
충고로 이해하고 싶다.

어찌 보면 우리 사회에
인간을 플라톤처럼 깃털 없는 닭으로
보는 사람도 있을 것이다.
또는 디오게네스가 던진 깃털 없는 닭처럼
목청껏 소리 지르며 자기 혼자 잘난 것처럼
함부로 말하다가 핀잔만 듣는 사람들이 있을 것이다.

닭은
머리에 감투를 쓰고 있다.
날아 봐야 제대로 날지도 못한다.
날지 못하는 하늘을 향해 고개를 들고
목청껏 소리만 지른다.
자기 울타리를 벗어나지 못한다.
일정한 장소를 뱅뱅 돌고 있다.

닭은
누가 쫓으면 도망간다.
쫓기지 않으면 그 자리에 멈춘다.
원래 있던 자리로 되돌아온다.

위험을 피해서 도망가다가
모이를 나눠 주면 금방 망각해 버리고
모이를 찾아 모여든다.
닭 대가리에는 생각이 없다.

다른 동물은
계속 반복해서 훈련을 시키면
학습된 반응을 보인다.
닭 대가리 속에는 무엇이 들었는지
학습 효과가 전혀 없다.

만약 플라톤과 디오게네스가
2400년 후에 다시 태어나서 여전히
쓸데없이 시끄러운 인간이 많은 걸 보았다면
무슨 생각을 할까?

아마 플라톤은 "인간이란 정말 생각 없이
말만 많은 동물이구나." 할 것 같고
디오게네스는 "인간이란 정말 남의 말 안 듣고
혼자 잘난 체하는 동물이구나."라는 말을 하지 않을까.

당대에 권위 있는 자의 말 한마디가 2000년이 넘도록
남의 입에 오르내린다. 스스로 권위가 있다고
생각이 들면 생각 없이 내뱉는 말을 삼가야 한다.

* * *

기쁨이 내리는 길을 함께 걸어요.

상대를 존중할 줄 아는 자라면 아무리 즐거워
웃고 싶어도 그 일이 상대에게 불편한 감정을
일으킬 수 있다면 삼가는 게 도리입니다.

서로 이해관계가 얽힌 곳에서 이러한 도리를
간과해 버린다면 그로 인한 잡음은
그칠 날이 없을 것입니다.

오래된 자동차에서 잡음이 많이 납니다.
제대로 관리를 안 하고 등한시하면
가다가 멈추어 버립니다.
생각 없는 기계도 그러한데 하물며
인간은 어떻겠습니까.

잡음은 자기 보호와 관련된
무관심에 대한 항변입니다.
이 항변에 관심을 보여 달라는 것입니다.

물건이 잡음을 많이 내면
빨리 수리를 하든지 폐기 처분을 바라는 것이고
조직이나 사람이 시끄러워지면
현 상태가 불편하니
신속히 조치해 달라는 신호입니다.

세상만사가 서로 연관돼 있고
그런 관계에서 잡음이 나기 마련입니다.

무관심 속에서 살아가는 게 가장 힘듭니다.

무관심이란 버려졌다는 의미도 됩니다.
관심의 위기, 즉 무관심의 척도가 바로 잡음입니다.

미래를 선도하려는 누군가가 새로움을 추구한다면
헌 것 같이 삐걱거리는 잡음이 나오면 곤란해집니다.

스스로 잡음을 일으켜서도 안 되고
특히 잡음을 일으키는 사람을 가까이해서도 안 됩니다.
아무리 새로움의 추구에 박차를 가해도
중간에 잡음 많은 고물(古物)이 섞이면
잘 보여야 중고품 수준이기 때문입니다.

세상을 보는 눈은 다양합니다.
저마다 자기중심에서 전체 중심까지
다양한 관찰 성향을 보입니다.

내일 걱정에 잠 못 이뤄 뒤척이는 사람에겐
전체의 '파안대소'도 '고성방가'일 뿐입니다.

새로운 물결로 미래를 선도하려면

자기가 속한 영역뿐만 아니라
타 영역까지 고려하는 시대 중심적
안목이 있어야 합니다.

아무리 새것이래도
세월이 가면 제대로 작동이 안 되고
잡음이 생깁니다.
처음부터 잡음이 나는 불량품 같다면
나중에 어떤 소리가 날지는
경험 있는 사람이면 다 압니다.

당신의 미래에 합류해서 나아가려는
새 물결을 과거의 잡음이 가로막는다면
흘러간 세월만큼 시대에 뒤처지게 됩니다.

과거를 정리하려면 나쁜 것은
지워 버리는 게 좋습니다.
과거 정리는 긍정을 긍정하고
부정을 부정하는 것을 원칙으로 삼으십시오.
당신의 시간은 기다리지 않습니다.

그리 길지 않은 인생의 시간이 점점

줄어들고 있습니다.

과거 나쁜 기억에 매달릴 이유가 전혀 없습니다.

좋은 과거의 기억은 미래의 기쁨이 될 수 있는

밑거름이 될 것입니다.

당신의 기쁨을 응원합니다.

노인의 품격은
삶의 여유다

삶에 아무리 재수가 좋은 사람도
늙음에는 어쩔 수 없다.
세월은 속절없이 흐르고 몸은
끊이지 않는 세파로 늙어 간다.
아무런 일도 하지 않고 가만히
누워만 있어도 늙기는 마찬가지다.

길 가다가 아는 사람을 만나면
첫마디 인사말로 이런 말을 듣는다.
"아이구, 많이 변했네."
"어쩜, 하나도 안 변했네."
세월이 가면 사람의 모습이 변하는 것은 당연한데
단지 변하는 속도가 좀 차이가 난 것뿐이다.

어느 날 거울을 쳐다보다 갑자기 폭삭 늙어 버린

자신을 발견하면 이런 넋두리가 나온다.

두툼했던 볼살은 움푹 들어가고
광대뼈만 툭 불거졌다.
턱살은 아예 흔적도 없이 쪼그라들고
이빨마저 다 빠져 버려
합죽한 모습이 초라하기 그지없다.
눈덩이는 푹 꺼지고
슬퍼 보이는 큰 눈망울은
멍한 시선을 던지고 있다.
머리카락은 산불이 난 뒤에
재만 남은 것처럼 거뭇거뭇 하얗다.

거울 속에 나타난 나는 내가 아니다.
거울 속에 나타난 사람은
분명 하나밖에 없는데
그 사람은 내가 아니다.
낯설어도 너무 낯설다.
어디선가 본 듯한 느낌이 나는 것은
힘 빠진 눈망울뿐이다.

나는 어디로 가 버렸나?

세월의 물결과 바람 속에서

풍화되어 버린 것인가.

몇백 년도 아니고 그동안 세월이

얼마나 혹독했으면 저리도 삭았단 말인가.

이 꼴에 화장을 해 본들

좋은 옷을 입어 본들

무슨 소용이 있나.

이제 내 껍데기는 포기해야겠다.

그래도 세수나 목욕은 해야겠지.

냄새까지 민폐 끼칠 수야 없으니까.

그동안 마음도 지쳐 버렸는지

점점 거울 보는 것도 귀찮다.

어쩌다 화장실에서

엉성하게 돋아난 수염을 봐도

별로 깎아 내고 싶지 않다.

얼굴을 가로막는 머리칼도

쓸어 올리고 싶지 않다.

이렇게 내가 스스로 나의 낯섦에 빠져들면

나중에 어떻게 될까?

그땐

나도 모르는 나로 변해서

나를 잊어버리겠지.

영영 잊어버리겠지.

* * *

기쁨이 내리는 길을 함께 걸어요.

일노일노 일소일소(一怒一老 一笑一少).

화는 늙음을 재촉하고 웃음은 젊음을

만든다는 말입니다.

힘든 일을 겪고 나서 거울을 쳐다보면

정말 자신의 모습이 달라 보일 때가 있습니다.

세상에 아무리 아름다운 것도 자주 보면

나중에 아름다움이 보이지도 않는 것처럼
늙은 모습이 아무리 사나워 보여도
자주 보면 나중에 늙음이 보이지도 않습니다.

곧 죽을 것 같은 불편함도 익숙해지면
불편하지 않습니다.

자신의 모습을 자주 보십시오.
익숙해지면 별로 싫지 않습니다.

거울을 쳐다보고 저 사람이 누군가 싶어
자기 얼굴을 매만지면 거울 속에서도
얼굴을 매만지며 자신을 쳐다봅니다.

이제 거울 속에 있는 사람을 보고 미소를 지어 보세요.

거울 속의 사람도 미소를 지을 겁니다.
어떠세요. 훨씬 좋아 보이지 않습니까?

늙음은 슬픔이 아니라 여유 있는 기쁨입니다.

힘든 긴 세월을 기적처럼 지금까지 이겨 온 것입니다.
얼마나 기쁜 일입니까.
현재 자신의 모습은 젊은이의 미래이기도 합니다.
젊은이는 늙음을 모릅니다. 늙음을 알 때쯤이면
늙은 모습을 보지 않으려고 온갖 수단을 동원합니다.
그러다 자신도 모르는 늙음 앞에서
충격을 받기도 합니다.

이미 자신은 늙었으니 마음에 여유가 있습니다.

늙음은 살아온 세월이 당신에게 준 선물입니다.
그 선물을 잘 다듬으면 노인의 품격이 살아납니다.

청년의 품격은 목표 있는 철부지의 좌충우돌입니다.
청년의 도전 정신은 사회의 기쁨이지요.

노인의 품격은 바로 삶의 여유입니다.
노인의 여유는 사회의 기쁨입니다.

노인은 살아남는 일과 상관없는 논쟁은 하지 않습니다.

노인은 삶의 전선에서 살아남은 경험자입니다.
전투의 달인은 빗발치는 탄환 속에서도
여유가 있습니다.

오래 살수록 여유로움의 폭이 커집니다.
좀 우스운 얘기지만 오래된 노인은
어지간한 일을 금방 잊어버립니다.
더 오래되면 아예 모든 걸 잊고 삽니다.

자신만 쳐다보지 말고 주위를 둘러보면
자신을 지켜보는 사람들이 많습니다.
혼자 있어도 혼자가 아닙니다.

노인의 품격을 다듬는 방법은 간단합니다.
거울을 볼 때마다 미소를 한번 지어 보세요.
그리고 사람을 만나면 미소부터 지으세요.

미소 하나로 당신의 모습은 완전히 달라집니다.

온 얼굴에 주름이 가득하고 아무리

볼품이 없다고 해도
당신 없는 당신의 세상은 존재하지 않습니다.
당신만이 당신의 세상을 지킬 수가 있습니다.
당신은 당신을 위한 기쁨의 주인입니다.
비록 늙었지마는 주인으로서 젊은 기분으로
행동하면 나이는 숫자에 불과합니다.

당신의 기쁨을 응원합니다.

아기를 보는 날은
기쁜 날이다

왜 이렇게 되어 버렸는지 정말 모르겠다.
내가 어린 시절에 동네 아이들은
떼를 지어 몰려다니며
들로 산으로 뛰어다니며 놀았다.
딱지치기, 구슬치기, 숨바꼭질, 말타기, 자치기,
불놀이, 팽이치기를 하다가
엄마가 부르는 소리에 모두 흩어졌다.

여기저기서 엄마들이 집 밖에 나와 외치는
소리가 지금도 들리는 것 같다.

"얘야 밥 먹어라!"

종일토록 애들 노는 소리로 온 동네가 시끌벅적하다.
한 집에 애들 네 명은 보통이다.

요즘은 길거리서 애들 보기가 힘들다.
'나 때는 말이야'가 '그때는 그때고'라는
말에 쏙 들어간다.

유치원 다니고 학원 다니고 수업이 끝나면
차에 태워 곧바로 집으로 간다.

한때는 산아 제한으로
'아들딸 구별 말고 둘만 낳아 잘 기르자.'라고 하더니
'둘도 많다. 하나만 낳아 잘 기르자.'라고 외쳤다.

세상살이가 심통을 부린 것인가.
결혼해도 아이를 낳지 않는 사람이 많아지고 있다.

기쁜 날

길 가다 아기를 보는 날
그날은 기쁜 날이다

아기는 내가 가던 길을 멈추고

지난 세월을 뒤돌아보게 한다

내 아이를 처음 안았을 때
온 세상은 신비로움으로 가득했다

내 아이들이 내 품을 떠나고 나서
나는 마치 내가 가야 할 길이 있는 듯이
무심코 끌려만 간다

아기를 보는 날
그날은 기쁜 날이다

그날은 신비롭게도
무심코 옮기던 발길을 멈추게 하고
가던 길에서 나를 뒤돌려 세운다

그날은
내가 다시 태어나는 날이다

기쁜 날이다.

***

기쁨이 내리는 길을 함께 걸어요.

'살아 있다고 할 수 있는 것은 오직 너의 오늘에
내일이 따라오고 있을 때만 그렇다.'
에마누엘 가이벨의 말입니다.

아기는 우리 세상의 내일입니다.
인간에게 가장 큰 기쁨이 무엇인가 묻는다면
그것은 바로 새 생명의 탄생입니다.

기쁨으로 키우고 지켜 준 정성에
보답하는 가장 좋은 일은 바로
새 생명을 탄생시켜
기쁨을 나누는 것입니다.

내가 사는 마을에 청년이 안 보입니다.
아기 울음소리를 들어 본 적이 없습니다.

아기 울음소리가 메아리치는 마을에는
노인들의 삶에도 활기가 있습니다.

길에서 아기를 유모차에 태워 가는 엄마를 보면
그냥 고맙다는 생각이 듭니다.
언제 어디서든 임산부와 아기를 기르는 부모님에게
항상 건강하고 기쁨이 가득하시길 기원합니다.

당신의 기쁨을 응원합니다.

건강을 너무 걱정하면
도리어 해롭다

각종 매스컴에서
100세 시대란 말을 많이 듣는다.
시대적 붐인가.
건강 보조식품이나 운동 기구를 소개하는 광고
건강보험서비스 광고물이 넘쳐흐른다.
의문이 생긴다.

인간이 100세까지 살고 나면
그 이후에 어떤 특별한 삶이 기다리고 있는가?
100세까지 버티다가 그다음에는
아무렇게 살아도 좋다는 말인가.

인간이 100세를 못 살면 그 인생은 실패작인가?

주위를 둘러보니 80세 이상 노인의 형상이

예나 지금이나 별로 달라 보이는 게 없다.
신체는 점점 꼬부라지고 걸음도 제대로 못 걷는다.
입원 안 하면 걸어 다니는 종합병동이다.

100세 시대란 말이
100세까지 건강하고 활발하게 움직이면서
살기를 바란다는 말로 이해한다.

의학 기술이 발달하고
영양 가치가 높은 식생활이 가능하다.
주거 생활이 예전보다 위생적이다.
기상 변화에 신체 보호를 보다 잘할 수 있다.
관리를 잘하면 수명이 100세까지 이를 수 있다.

실제 현상을 살펴보면 그렇지 않다.
높은 영양식품 때문에 젊은 층에서 비만과 고지혈증
당뇨 등으로 생명의 위협을 받고 있다.

병원에 가 보면
나이 많은 환자들이 장기적으로

입원실을 차지하고 있다.
고령일수록 신체 기능이 저하되고
아픈 부위가 많이 나타나는 게
상식이지 않은가.

100세까지 살 수 있다는 게
기껏해야 의료 기술에 매달려 있으니
경제적 준비 없는 생명 연장은 공염불이다.

아픈 사람을 그냥 죽을 때까지
그냥 참고 버틸 수 있을 때까지
버텨 내라 할 텐가.

젊음이 부럽다.
내가 젊었을 때는 무엇을 하고 살았는가?

자연적 인간 신체 기능의 약화를
병원 기능에 맡겨 유지해야 하는
100세 시대 유감이다.

***

기쁨이 내리는 길을 함께 걸어요.

세월이 갈수록 건강에 관한 관심은 점점 깊어 갑니다.
의사들이 매스컴에 자주 등장해서
의료 상식을 들려주고
가끔 전문적 분야까지 알려 줍니다.

그런데 어떤 한 가지 병에 대한 파생적 병변으로 인해
생명까지 잃을 수 있다는 대목에 이르면
약간 겁도 나지만 거부 반응도 나옵니다.
자칫 건강 염려증에 빠질 것 같아섭니다.

옛날 왕들도 항생제 한 알이면 치료할 수 있는
피부 염증이나 등창으로 사망했다는 역사를 상기하면
그냥 흘려들을 수가 없습니다.

더불어 건강식품 광고가 매스컴에 넘실거립니다.
여기에 뒤질세라 ' ~~카더라.'라는

소문 처방까지 여기저기서 난무하니
병든 사람들은 무엇부터 해야 할지 망설이기도 합니다.

내 경험으로 보면 내 몸 어디가 불편하면서
무언가 조짐이 좋지 않다는 생각이 들면
즉시 병원을 찾습니다.
그리고 담당 의사에게 진료를 받는 것입니다.
그것이 가장 좋은 선택이었습니다.

나는 어디서 누가 몸에 좋다고 하면
이것저것 구해다 먹으면서 경제적 부담만 늘어나고
병은 병대로 커지는 경우를 자주 봅니다.
지금은 옛날에 비할 수 없을 정도로
의술이 발달했습니다.

의술이 발달함에도 100세를 넘어 살기가 어렵습니다.
100세라는 말은 그냥 건강하게 살기 위한
일종의 구호로 이해하고 굳이 100세를 채우려고
애쓰지 않길 바랍니다.

건강을 챙기려고 노력하는 것은 중요하지만
건강을 너무 걱정하면 도리어 건강을
해칠 수도 있습니다.

아픈 부위는 치료할 수 있어도
신체적 노화를 멈추지는 못하는 것 같습니다.
늙으면 얼굴에 주름이 생깁니다.

이를 거부하는 듯이 "몸은 그래도 마음은
청춘이다."라고 말하는 노인을 종종 봅니다.
마음에는 주름이 없다는 말을 하고 싶은 겁니다.
여기에 오스카 와일드는 "나이 드는 것의 비극은
마음이 늙지 않고 젊다는 데 있다."라는
말을 했습니다.

늙음과 마음의 불균형으로 엉뚱한 일을 벌이고
곤욕을 치르는 노인을 자주 봅니다.
'백발은 늙었다는 증거일 뿐
지혜를 상징하는 것은 아니다.'라는
그리스 속담이 생각납니다.

되돌릴 수 없는 인생입니다.

늙어서도 끊임없이 배움을 추구해야 합니다.

배움은 새로운 기쁨을 가져옵니다.

당신의 기쁨을 응원합니다.

혼자만
외로운 게 아니다

시골 장날
좌판을 펼쳐 놓은 할머니들
어찌 보면 할머니들이 세상에 태어날 때부터
할머니로 태어난 것 같다.

젊은 모습 못 보고
늙은 모습만 보면
곱디고운 모습은 상상이 안 된다.

도시 뒷골목에서도 마찬가지다.
집 앞에 놓인 의자에 우두커니 앉아서
하루의 시간을 보내는 할머니들.

할머니들을 보고 가끔 어머니를 떠올리는
젊은 사람은 있겠지마는

아마 그 모습이 장차 자신의 늙은 현상이라는 것
이것을 잘 느끼지는 못할 것이다.

할머니도 아름다운 시절이 분명히 있었다.
날씬한 몸매 생기 넘치는 피부
온 세상을 품고 사는 것처럼 보였던
그때 그 시절이 있었다.

세월은 사람을 다르게 만든다.
아무리 천천히 산다고 해도
모르는 새 늙음은 순식간에 밀려온다.

TV 연속극에 할머니 역을 맡은 배우가 있다.
배우의 아름다웠던 옛 모습을 아는 사람은
세월 앞에 장사 없다는 말이 실감 난다.
안타까운 마음에 허무감도 든다.

항간에 우리는 늙어 가는 것이 아니라
조금씩 익어 가는 것이라는 노랫말이 있다.
참으로 멋있는 말이다.

나는 그 노랫말을 들을 때마다 이런 의문이 든다.

세월의 흐름으로 얻어 낸
인생의 익음을 누구와 함께 즐길까?
잘 익은 과일을 나눠 먹으면 즐겁다.
인생의 익음은 과일 같은 물질이 아니다.

인생의 익음은 정신적인 성숙이다.
철없던 젊은이가 세월이 가면서 철이 든 것이다.

철이 들어 성숙해진 노인의 말 속에는
피가 되고 살이 되는 교훈도 있었다.
명절날이면 노인은 마을 어른으로서
가르침의 역할을 하고
그 역할에 보람을 느꼈다.

이제는 달라졌다.
지금은 노인이 젊은이들로부터
격리된 듯이 살아가고 있다.
성숙한 노인의 생활 지혜가 빛을 잃고 있다.

익음이란 늙어서 병들고 누추해지는 겉모습이 아니라
내면에 들어찬 삶의 지혜를 일컫는다고 해도
그 지혜를 수용할 대상이 사라진다면 소용이 없다.

세월이 갈수록 기쁨이 시들어 가고 있다.
미래의 늙음이 안타깝다.
늙음이 홍시가 땅에 떨어진 모습 같아서다.

사회적 역할을 잃은 노인
그들의 외로움은 더 심해질 것이다.
옛날보다 색다른 경험을 한 젊은 사람들이
노인이 되어 마치 세상에서 격리된 것처럼 산다면
도시에 살면서 첩첩산중 산골로
유배당한 기분이 들 것 같다.
늙음은 벌이 아닌데 말이다.

인공지능이 장착된 로봇이
노인의 외로움을 달래 줄 수는 있다.
어디 기계의 역할이 인간의 온기만 하겠는가.

늙어지면 외롭다.
늙어지면 좋은 기분이
더 기분 좋게 익어 가는 것이 아니다.

현실적으로 자신과 삶이 저물어 간다.
저물더라도 아름다운 석양처럼 저물면 좋겠다.
여유롭고 편안한 휴식 같은 시간을 내어 주는
삶으로 여생을 보내고 싶다.

누가 노인에게 이렇게 말한다.

"아이구! 아주 좋아 보이십니다."

듣는 노인은 그 말이 인사치레란 걸 안다.
그래도 그런 말이라도 들으면 왠지 기분이 좋아진다.
내 얼굴이 아니라 내가 사는 모습이 좋아
보이기 때문이다.

* * *

기쁨이 내리는 길을 함께 걸어요.

자식들은 모두 살길을 찾아
외지로 떠나고 명절에나 한 번씩 얼굴이나 볼까.
시골에서나 도시에서나 사실 늙으면 외롭습니다.
시간적 여유는 있지만 시들어 힘은 없고
외로운 사람이 노인입니다.

이런 현상은 어느 노인이나 마찬가집니다.
혼자만 그런 게 아닙니다.
잠도 잘 안 오고 밤에 화장실을 들락날락합니다.
아픈 데가 없어도 신체상으로
불편하게 한두 가지 아닙니다.

요양원에서 치매를 앓는 사람을 보면
주로 집에 가고 싶다는 사람이 많습니다.
어떤 할머니는 찾아오지도 않는 자식
밥 차려 주어야 한다면서
고함치고 울고불고합니다.

노인에게 가장 좋은 일은
가족과 함께 지내는 것입니다.
요즘 시대에 잘 볼 수 없는 가족 생활입니다.
나이가 많으면 대부분 요양병원에서 여생을 보냅니다.

늙으면 외롭고 불편하고 가족이 그리운 것은
모든 사람에게 일어날 현상입니다.
이겨 내야 합니다. 이겨 내는 힘을 기르려면
평소 애착심이 가는 무언가를 만들어야 합니다.
심적인 불편함을 다른 곳으로 돌리는
지혜를 발휘해야 합니다.

100세를 넘어 장수하는 어느 노인에게 물었습니다.

"노인께서 장수의 비결은 무엇이라 생각하십니까?"

"인내야. 견디는 거지."

보통은 장수 비결로
식생활과 운동을 많이 말하는데

이 노인은 마음의 다스림을 말한 겁니다.

아마 이 노인은 젊은 시절부터
욕심내지 않고 보통의 평상심을 유지하려고
인내라는 지혜를 실천한 것 같습니다.
그래서 인내가 습관이 된 것이겠죠.

노인의 시간을 잘 보내려면
무엇이 자신의 애착심을 불러일으키는가에 대한
답을 찾아야 할 겁니다.
젊은 시절부터 실천하여 습관화하면 좋을 겁니다.

치매에 걸린 사람도 젊은 시절에
좋은 생각을 많이 한 사람은
그 현상이 순하게 나타난다고 합니다.
나쁜 생각을 많이 했으면 격한 현상을 보이겠죠.

세월은 멈추지 않습니다.
젊음이 어느새 늙음이 됩니다.
젊음의 기쁨이 늙어서도 멈추지 않도록

생각과 행동을 습관화하길 바랍니다.

습관의 시작은 거미줄 같아도

그 끝은 쇠사슬보다 강합니다.

당신의 기쁨을 응원합니다.

이별과 만남은
동행한다

살다 보면 생각지도 못한 만남이 일어납니다.

좋은 만남만 일어났으면 좋겠습니다.

나쁜 만남은 다시 만날까 두렵습니다.

지금 말하는 에피소드는 필자가 만난

이상한 만남입니다.

* * *

한때 우리 가족은 산 중턱에 있는 염불암이란

절에 딸린 빈방을 하나 빌려 살았다.

살림살이라고 해 봐야 어머니 빚잔치에

압류 딱지 대상도 안 되는 부엌살림 나부랭이뿐이었다.

다행히 시간 맞춰 들리는

스님의 염불 소리는 싫지 않았다.

나중에 절도 망할 수 있는지 빈방들을
모두 셋방으로 내어놓고 스님 가족은 떠났다.
무슨 종파인지 모르지만 주지 스님은
머리를 길렀고 가족이 있었다.

하루는 엄마가 나를 부르더니
내일 저쪽 건넛방으로 이사 갈 것이니
오늘 밤은 내가 그곳에서
잠을 자야만 된다는 것이다.

절이 제 기능을 할 때 그 방은
유골함들을 안치하는 곳이었고
죽은 자의 명복을 빌기 위해 염불하는 장소였다.

우리 집이 망해도 크게 망한 모양이었다.
아무도 세를 살고 싶지 않을 방으로
이사를 해야만 했다.

엄마는 이사 갈 집에 하루 먼저 미리 가서
부엌에 불을 피우든지 솥을 걸어 놓고

자야 하는 게 풍속이라 했다.
쫄딱 망하고도 풍속을 지켜야 한다고 우겨대는
조상을 향한 엄마의 의리를 지키기 위해
내가 홀로 오싹해지는 방에서 이해 못 할
의리의 짐을 져야 했다.

그날 밤 나는 우리 집 장남으로
용감하게 그 방 부엌에 연탄불을 피우고 잠을 잤다.
무언가 어두운 방 구석구석으로 날아다니는 것도 같아
무서운 기분이 들어 엎치락뒤치락하다가
나도 몰래 잠에 빠져들었다.

그런데 난데없이 이모라는 사람이 나타났다.
그리고는 내 옆에 앉아서 나에게 빨리 일어나서
나가라고 계속 보채는 것이다.

나는 이모가 없다.
그런데도 자기가 이모라면서 빨리 일어나라는 것이다.
그 채근에 못 이겨 나는 비몽사몽 헤매다가
일어나서 방문을 열었더니 새로운 공기가

방 안으로 밀려오면서 머리가 띵했다.

아뿔싸. 알고 보니 방 안이 연탄가스로 가득했다.
나는 연탄가스에 중독이 된 것이었다.

아무리 생각해도 이상한 만남이었다.
내 안의 기쁨이 불러들인 이모였을까?
난데없이 나타난 이모가 아니었으면
나는 이미 죽었을 것이다.

* * *

기쁨이 내리는 길을 함께 걸어요.

인간의 운명은 대부분
우연한 만남으로 이뤄지는 경우가 많습니다.
처음 만나 서로 좋아 죽겠다는 듯이 만나다가
성격 차이라며 원수지간으로 변하기도 합니다.
서로 원수지간처럼 지내다가
오래된 오해가 밝혀져 갑자기

오랜 친구처럼 지내는 일도 있습니다.

우연한 만남도 자신이 선택한 것입니다.
자유로운 선택에는 선택을 한 사람의 책임이 있습니다.
처음부터 감당할 수 없는 선택은 삼가는 게
현명합니다.

인간이 셀 수도 없이 수많은 사람 중에서
사적이든 공적이든 누구와 만난다는 것은
기적 같은 인연입니다.

그 기적이 부디 악연의 연속으로
삶을 괴롭히지 않도록 현명한 지혜를
보이시기 바랍니다.

악연은 부정의 기운입니다.
특히 인간의 입에 나온 악담은 저주입니다.

인간관계에서 상대에게 상처를 주는
악담 같은 부정적 언행은 반드시 악연으로 이어집니다.

당신의 기쁨을 응원합니다.

흔적은
살아 있다

어릴 때 나는 아버지 다리에 난
상처들을 보고 질문을 했다.

"아버지, 다리에 이 상처는 어쩌다 생긴 거야?"

아버지는 방바닥에서 일어나 발길질을 했다.

"6·25 전쟁 때 진지로 총알이 날아왔는데
그 총알을 모두 발로 차서 도로 괴뢰군 진지로
날려 보내다가 생긴 상처야."

"정말이야? 와, 아버지 용감하다. 많이 아팠겠네."

아버지 다리에 생긴 상처 흔적은
지금 내 머릿속에서 하얀 거짓말로 남아 있다.

산에서 길을 잃었을 때
사람 발자국을 만나면 정말 반갑다.
짐승 발자국을 만나면 조금 무섭기도 하다.

길 잃은 사람은 발자국을 따라갈 수밖에 없다.
발자국이 적은 길보다 발자국이 많은 길을
선택할 가능성이 크다.

운이 좋으면 가고자 하는 방향으로 갈 수 있으나
운이 나쁘면 완전히 반대 방향으로 간다.
완전히 길을 잃은 상태에서
이정표라도 만나면 정말 행운이다.
누가 세워 놓았는지 몰라도 정말 고마운 일이다.

모랫바닥 위에 이리저리 흩어진 발자국이 보인다.
눈 위의 발자국과 비가 온 뒤 흙 위에 생긴
발자국은 제법 선명하게 보인다.
미끄러진 발자국과 잘못 디뎌 깊이 빠져 버린
발자국 등도 보인다.
이런 발자국을 보면 즐거움이나 외로움

그리고 두려운 느낌이 들기도 한다.

똑같은 길인데 길을 잃은 사람과
길을 아는 사람의 생각과 행보는 다르다.

길을 잃은 사람은 발자국을 따라가기 바쁘다.
길을 아는 사람은 발자국을 보고
무언가 영감을 떠올릴 여유가 있다.

모를 때는 무작정 따라 할 수밖에 없다.
차츰차츰 배우고 앎으로서 여유 있는 가운데
가지 않는 길을 갈 수 있는 창조력이 나타날 수 있다.

흔적은 시간을 남긴다.
창조의 힘으로 얻은
새로운 기쁨도 시간의 흔적이다.
시간의 흔적이 역사다.
역사는 창조의 바탕이다.

과거는 미래를 응원하고 있다.

발자국

한 발 두 발

혼자 걷는 산길
누군가 찍어 놓은 발자국

누가 왔을까 왜 왔을까

그대 없는 그대 세상의 문을 열어
그대를 만난다

혼자 걷는 산길
내가 찍어 놓은 발자국

누구를 만날까 남자일까 여자일까

흔적 없는 물음은
나 없는 내 세상 문 앞에서
그대를 기다린다.

* * *

기쁨이 내리는 길을 함께 걸어요.

고속도로 휴게소 남자 화장실에
이런 문구가 있었습니다.
'남자가 흘리지 말아야 할 것은 눈물만이 아니다.'
살다 보면 여기저기 흔적을 많이 남깁니다.
흔적으로 죄를 저지른 범인도 잡아내고
흔적을 추적하여 역사적 중요한 사료도 발굴합니다.
상처가 있는 흔적으로 잃어버렸던 자식도 알아봅니다.

마치 흔적에 무슨 생명력이 있는 것 같습니다.
흔적은 과거에 일어났던 어떤 일에 대한
역사를 품고 있으며 미래를 향해
무언가 하고 싶은 말이 있는 것처럼 보입니다.

바닷가 모래사장을 거닐 때
뒤돌아보면 발자국이 남습니다.
파도가 밀려와서 발자국을 씻어 내는 게

재미가 있어 뒤로 걸으며 발자국을 쳐다보았습니다.
나는 혼자 걸어도 혼자가 아닙니다.
나를 따라오는 발자국과 마주 보며 걷습니다.

나는 나의 과거와 함께 걷고 있습니다.
나는 타인의 과거와 함께 걷기도 합니다.

사람이 혼자 살아도 주위에서
지켜보는 사람들이 많습니다.
혼자 사는 사람이 주위 사람들과
말 한마디 나누지 않았는데도
누가 주위 사람들에게 혼자 사는 사람에 대해서
무언가 물어보면 그럴 듯한 말들을 합니다.
무엇을 어떻게 하는 것을 보니
어떤 것을 하려는 것 같았다는 둥
여기저기서 나오는 카더라 소식이 나옵니다.

쓸데없는 곳에 쓸데없는 흔적을 남기면
쓸데없는 일이 나타날 수가 있습니다.

어딜 가든지 당신은 항상 당신의 과거와 함께합니다.

당신의 기쁨을 응원합니다.

3

나의 기쁨이 머무는
공간을 위하여

한 발 한 발
천천히 오른다

소대장은 경계 임무를 받았다.
늦은 저녁 시간에 받은 명령이었다.

겨울이라 하늘은 금방 어두워질 것만 같았다.
산허리를 둘러서 배치 장소로 간다면
깜깜한 산속에서 길을 잃을 것 같았다.

지도를 보니 산을 나침반 방향을 따라서 넘으면
산속에서 길을 잃을 염려는 없었다.

소대장은 좀 더 일찍 경계 배치 장소로 가기 위해
일직선 방향으로 산을 넘기로 했다.

아침에 지나온 길을 돌아보니
길도 없는 가파른 산이 우뚝 서 있었다.

맨정신으로는 도저히 오르내릴 엄두조차 낼 수 없는
덤불과 크고 작은 바윗돌이 부서져
흩어져 있는 험한 산이었다.

내가 어떻게 저곳을 지나올 수 있었을까?

소대원을 이끌고 그곳을 넘어온 시간은
추운 겨울 한밤중이었다.
멀리 보이지 않으니 발끝만 쳐다보고
조심조심하며 내려온 것이다.

소대원 중 누구도 다친 사람이 없었다.
참으로 다행이다.

* * *

기쁨이 내리는 길을 함께 걸어요.

나는 높은 산을 오를 때면
고개를 잘 들지 않습니다.

한 발 한 발 내가 디딜 곳을
찾아서 천천히 발을 옮깁니다.

내가 가야 할 방향 외에
시선을 분산시키지 않고
에너지를 집중합니다.

그러다 보면 나는 어느새 정상에 올라 있습니다.
정상에 오르면 버릇대로
지나온 길을 여유롭게 살펴봅니다.

전체를 보면 가파르지마는
발자취만 살펴보면
발을 조금 더 높게
올리면 될 일이었습니다.

세상살이가 만만하지가 않습니다.
산 넘어 산이요, 강 건너 강입니다.

생존을 위해

산과 산 사이에서 외줄을 타고
강과 강 사이에서 외나무다리를
건너는 기분입니다.

천 길 낭떠러지에 있는 길을
시력이 불편한 사람은 지팡이 하나에
의지해 건너가는데
두 눈이 멀쩡한 사람은
못 건널 때가 있습니다.

시력이 불편한 사람은 가야 할 길만 생각합니다.
멀쩡한 사람은 천 길 낭떠러지
아래가 눈에 들어옵니다.
발을 떼기도 전에 몸이 아니라 마음이 흔들립니다.
떨어지면 죽을 거라는 생각이
먼저 들어와서 발이 땅에서
떨어지지 않는 겁니다.

자신이 가야 할 길에 시선과 생각을 집중하고
천천히 한 걸음 또 한 걸음 지금까지

해 온 대로 하십시오.

군대에서 사기(士氣)란 말이 있습니다.

사기란 자기 임무를 수행할 수 있는
능력에 따라 그 높낮이가 평가됩니다.
무사가 자기 생각대로 칼을 휘두를 수 있는
경지에 이르러 어떤 적에게도 이길 수 있다는
자신감이 바로 사기입니다.

기분이 좋다고 사기가 높은 것이 아닙니다.
군인의 사기는 편안한 병영 생활이 아니라
사선을 넘나들며 한 방울, 두 방울
피땀이 어린 훈련 속에서 양성됩니다.

전장에 나가면서 이긴다는 생각이 아니라
죽을 것이라는 생각이 앞서면
어떻게 적과 싸우겠습니까.

생활인은 고달픈 생활전선을 견뎌 내고 있습니다.

끝날 때까지 끝난 게 아니라며 마지막까지
최선을 다하기도 합니다.

경기가 아닌 끝없는 전쟁 같은 삶의 현장에서
일어나는 일은 사실 끝났다고 다 끝난 게 아닙니다.
항상 새로운 도전이 기다립니다.

그렇다고 너무 애쓰지 마세요.
건강을 잃으면 자칫 모든 걸 잃게 됩니다.
생각의 매듭을 풀어서 일의 끝을 알고
시작하면 여유가 있습니다.
선택의 후회가 없기 때문이죠. 여유롭게 시작하면
당신은 이깁니다. 당신은 이겨 낼 수 있습니다.
한 발 한 발 천천히 쉬어 가면서 오르면 됩니다.

당신의 기쁨을 응원합니다.

돈은 기쁨을
따라다닌다

첩첩산중에서 길을 잃고 허기진 배를 끌어안고
헤매다가 어느 집에 들어가서 밥을 좀 달라 했는데
집주인이 돈을 준다면 고마움이 들까?
돈이 아무리 많아도 돈을 사용하지
못할 곳에 있으면 무용지물이다.

사막에서 황금을 지고 걸어가겠는가?
산속에서 초근목피를 씹어 먹고 살겠는가?

옛날 이런 뉴스가 있었다.
집에서 얼어 죽은 사람이 깔고 자던 매트를
들추어 보니 엄청 많은 돈이 깔려 있었다는 것이다.
그 사람은 돈이 아까워서 추운 겨울에 난방도 안 하고
돈을 아끼고 아끼다 자신의 목숨이
끊어지는 줄도 몰랐던 모양이다.

보통 사람은 도저히 이해할 수 없는 사람이었다.

이런 사람도 있다. 돈이 제법 많은 사람이다.
그런데 결혼을 하지 않는다.
그래서 궁금하던 차에 물었다.
"왜 결혼을 안 하세요?"
마누라가 자기 돈을 쓰는 게 싫다는 것이다.
뭐, 그럴 수도 있겠다는 생각이 들면서
고개가 갸우뚱해진다.

돈은
자신을 사랑하며 소중히 여기는 사람을
주인으로 섬긴다.

돈은
성을 세우고 신하로서 병사로서 의사로서
요리사로서 그 외 무엇이든 주인이 시키는 대로 한다.

돈은
아름답다. 보이지 않아도 아름답고

가지고 있다는 것만으로도 기분이 좋다.

돈은
인간이 창조한 신비한 예술품이다.
돈을 가지면 구부러지던 허리가 빳빳이 펴지고
땅만 보던 시선이 하늘로 향한다.
어떨 땐 죽어 가는 사람도 벌떡 일어난다.

돈은
갇혀 있는 것보다 돌아다니길 좋아한다.
돈 가지기 좋아하는 사람보다
돈 벌기를 좋아하는 사람을 더 좋아한다.

* * *

기쁨이 내리는 길을 함께 걸어요.

어릴 때 나는
용돈만 생기면 만화방에 틀어박혔습니다.
국민학교(지금의 초등학교) 1학년 때

아버지가 나에게 물었습니다.

너는 만화에서 그림을 보니 글을 보니?

나는 그림도 보고 글도 읽는다고 했습니다.

그 이후 아버지는 나에게 만화방 출입에 대해서

아무 말씀도 없었습니다.

만화 볼 용돈을 엄마한테 얻으려면

온갖 눈치를 봐야 합니다.

엄마 어깨를 주무르고 흰머리를 뽑고

연탄불을 갈고 간간이 밥도 해 놓고

아기 동생에게 젖병도 물려야 합니다.

문제는 용돈을 탈 수 있는

기본 조건으로 공부를 잘해야 합니다.

통신표(학업 성적표)에 수와 우만 있어야 하고

우보다는 수가 많아야 했습니다.

미가 하나라도 있으면 눈치를 살펴서

용돈을 탈 수가 없을 뿐 아니라

집 밖에서 놀지도 못합니다.

지금 생각하면
만화에서 상상력과 집중력을 수련하고
그림을 통한 암기력을 단련했기 때문인지
학업 성적은 무리 없었습니다.

자라면서 나의 최대 관심사는
영화와 만화 볼 용돈을 구할 수 있는 수단이었습니다.
돈 될 만한 고물을 집 안에서나 밖에서 주워서
고물상을 자주 찾았습니다.

어릴 때 어른을 보니
어른은 돈을 마음대로 씁니다.
나는 어른이 되면 돈이 생기고
어른의 주머니에는 항상 돈이 있다고 생각했습니다.

어른들을 보면
식당에서 먹고 싶은 밥과 술을
마음대로 사서 먹고 마십니다.
가고 싶은 데를 마음대로 가고
돈을 듬뿍 내놓고 화투도 치고

아이들에게 용돈도 줍니다.
퇴근하다 기분 내키면
군고구마나 붕어빵도 사서 옵니다.

나는 어른이 최고로 부러웠습니다.
장래 나의 꿈은 빨리 어른이 되는 것이었습니다.
나는 내 마음대로 돈을 쓰고 싶었습니다.

요즘 아이들에게
꿈이 무어냐고 물어보면
제법 구체적으로
의사, 교사, 판검사, 가수, 연예인 등등
사회에서 무언가
역할을 할 수 있는 사람이 되겠답니다.

어릴 때 나는 그런 직업을 가진 사람들이
무엇을 하는지 관심이 없었습니다.

오직 어른이 되는 꿈을 안고
제법 긴 세월을 나름대로 견디며

막상 어른이 되고 보니
용돈을 줄 사람도 없어지고
호주머니는 맨날 텅 비었습니다.
결혼 전에 봉급을 받아 본들
밥값을 제하면 남는 게 별로 없었습니다.
술 한잔 걸치면 빈털터리로 한 달을 살아야 합니다.

결혼 전에 나의 전 재산은
호주머니에 남아 있는 4만 원이었습니다.
빈털터리 나에게 눈이 먼 처자와 결혼 후에
내 형편이 조금 좋아졌으나
아내가 살림살이의 전권을 쥐고 있어
용돈을 타려면 아내 눈치부터 살펴야 합니다.

내 용돈의 근원지가 어릴 때는 엄마였는데
어른이 되니 아내로 바뀌었습니다.

어릴 땐 돈이 어른을 따라다니는 줄 알았는데
알고 보니 돈은 무생물이지만 그 움직임은 생물입니다.
돈을 사랑하지 않거나 제대로 관리하지 않으면

돈은 떠납니다.

무엇이 된다고 돈이 생기지는 않습니다.
시간은 금이라고 해서 1시에서 5시가
되었다고 금이 생기지는 않습니다.
돈에는 반드시 능력이 따른다는 것을 알았습니다.
돈을 벌 수 있는 능력자에게 시간은 금입니다.

돈은 삶의 에너지를 보충할 수 있는 상태를
구매할 수 있는 일종의 도구입니다.
삶의 에너지는 무엇을 위해 사용합니까?
바로 기쁨입니다.

기쁨은 능동성이며 자발성 감정입니다.
기쁨과 시간은 돈으로 살 수 없습니다.
돈은 기쁨을 일으키는 환경을 만들 수는 있습니다.

돈이 많다고 기쁨이 커지고 시간이 늘어나지 않습니다.
돈이 없어도 내 안의 기쁨과 나만의 시간이
가득하다면 무슨 돈이 필요하겠습니까.

굳이 기쁨을 위해 돈이 필요하다면
적은 돈으로 큰 기쁨을 얻을 수 있는
능력을 키우십시오.
나는 독서를 즐깁니다.
물가를 보면 책값이 제일 저렴합니다.
그리고 나만의 시간을 보냅니다.
대화와 앎이라는 큰 기쁨을 얻습니다.

문제는 현실에서 돈이 없으면
삶의 에너지를 잃게 되는 것입니다.
자연에서 자급자족할 수 있다면 큰 문제가 없겠지만
일반의 삶에서 돈의 소유는
생존을 위한 필수 조건입니다.
돈을 경험한 사람이면 다 아는 말입니다.

나는 돈 버는 법은 잘 모릅니다.
아내에게 용돈을 타는 나는 돈에
기쁨을 주는 법을 나름대로 발견했습니다.
간단합니다. 돈을 주는 사람에게 기쁨을 주는 겁니다.

나는 돈을 관리한다는 게 기껏해야
돈을 기쁨이 없는 쓸데없는 곳에
낭비하지 않는 것밖에 모릅니다.

돈을 주는 사람에게 기쁨을 주는 방법은 간단합니다.
가족을 위해 돈을 벌어 오는 사람에게
마음에서 우러난 고마움을 표시합니다.
아내가 돈을 벌면 아내의 수고를 고맙게 생각합니다.
남편이 돈을 벌면 남편의 수고를 고맙게 생각하겠죠.
용돈을 받아 기분이 내키면 노래라도 한 곡조 부르고
춤이라도 한 번 추면 좋겠죠.
나는 아내가 준 용돈을 품에 안고 '감사합니다.'라는
말로 기도하고 춤을 춥니다.

돈 버는 가족도 없이 혼자 산다면
자신에게 돈을 줄 수 있는 상대를 찾아
기쁨을 주십시오.
많은 상대에게 크게 기쁨을 줄수록
큰돈이 생길 겁니다.

돈은 기쁨을 따라다닙니다.

세상 어느 곳에나 구걸하는 사람들이 보입니다.
그들 중 어떤 이는 돈을 공짜로 받지는 않습니다.
최소한 말이라도 상대가 찬양을 받는다는
느낌이 들도록 합니다.
단지 공연 무대를 거리로 옮긴 것뿐이죠.

무엇보다 기쁨이 충만한 가정이
진정으로 부유한 가정입니다.

당신의 기쁨을 응원합니다.

가시 있는
사람이 싫다

산책하다가 마을을 지나다 보니
집마다 두 그루 이상 엄나무를 심어 놓았다.
봄에는 어린잎을 따서
나물 무침을 하거나 쌈으로 먹기도 한다.
약효도 있어서 나뭇가지로 차를 우리기도 한다.

예부터 엄나무에 달린 가시가 무서워
잡귀가 집안으로 들어오지 못한다는 믿음도 있다.
실제로 엄나무에 달린 가시를 보면
부딪치는 순간 온몸에 구멍이 나고
찢어질 것만 같아 나무 근처에 가기가 두렵다.

우리 집 담벼락 옆에
조그만 텃밭을 만들었다.
텃밭으로 찔레 덩굴이 넘어와서

여간 성가신 게 아니다.
잘라 내도 여름에는 금방 가지를 뻗어 온다.
찔레꽃은 하얗게 피어나면 좋아 보이긴 해도
귀찮은 존재라는 선입감이 들어서
나도 몰래 흘기게 된다.

꺾어진 가지를 치우다가
가시가 손에 박히면 가시에 독성이 있는지
아프면서 상처 부위가 벌겋게 된다.
겨울에 아예 찔레나무를 뿌리째 파 버렸다.
내년 봄에는 나타나지 않았으면 좋겠다.

나는 가시가 있는 나무가 싫다.
장미가 아무리 아름답다고 해도
나는 별로 좋아 보이지 않는다.

나는 가시가 있는 사람을 좋아하지 않는다.
겉모습이 아무리 아름다워도
가시 있는 말을 하는 사람을 좋아하지 않는다.
나에게 아무리 좋은 말을 하더라도

가시 있는 행동을 하는 사람이 나는 싫다.

나는 가시 있는 사람이 싫다.
그 사람이 나를 잡귀로 볼지라도.

* * *

기쁨이 내리는 길을 함께 걸어요.

내가 어릴 때 살았던 산골 동네에는
생계가 어려운 사람들이 많았습니다.
밤만 되면 부부 싸움을 하는 소리가
온 동네를 흔들어 잠을 깨우곤 합니다.

어떨 땐 한 집도 아니고 여기저기서
싸움 소리가 들리기도 합니다.
동네 아줌마들은 잠자다 말고 싸움하는
집 앞에서 구경하느라 모여듭니다.

부부 싸움을 하면서 차마 입에 담지 못할 욕설을

남편은 남편대로 아내는 아내대로
악을 써 가며 질러 댑니다.

아침에 부부 싸움을 한 사람을 보게 되면
어떻게 저렇게 순하게 보이는 아줌마가
저렇게도 험한 말을 할 수 있을까 궁금하기도 합니다.
이상하게 보이고요.

부부 싸움도 습관인가 봅니다.
그 집만 자주 전쟁이 벌어집니다.
어떨 땐 살림살이가 와장창 부서지고
"죽여라!"라며 악쓰며 대드는 소리가
밤을 찢어 놓습니다.

싸움 원인이 남편의 도박이라나요.
가난한 살림에 남편이 도박까지 하니
아내는 앞이 안 보이겠죠.

아마 아내도 참고 참다가 화가 폭발했을 겁니다.
옛사람들은 이혼을 모르고 살았습니다.

신랑을 잘못 만나면 평생 고생이지요.

어쩔 수 없이 함께 살아야 한다면 싸움하면서도
"야 이 망할 놈아!"보다 "야 이 부자 될 사람아!"라고
하면 어떻겠습니까?

당신이 믿고 사랑하는 사람이 있다면
가시 있는 말은 하지 말고
서로 격려하는 말을 주고받으세요.
삶이 힘들어도 서로 기쁨을 주는 말을 한다면
미래에 반드시 큰 기쁨을 만날 것입니다.

말과 행동으로 기쁨의 대화가
실천되지 않는 사랑은 좋아 보이지 않습니다.

당신의 기쁨을 응원합니다.

사는 이유가
기쁨이라면

"지금 사는 이유가 무엇이라 생각하세요?"

***

기쁨이 내리는 길을 함께 걸어요.

약 60년 전입니다.
내가 사는 동네에 조그만 목욕탕이 하나 있었습니다.
명절을 앞두면 사람들이 몰려옵니다.
어떤 사람은 빨랫감도 숨겨 옵니다.
목욕탕은 그야말로 콩나물 시루입니다.

내가 8살 되었을 때입니다.
내일이 설날이라 엄마와 함께 목욕탕에 갔습니다.
나는 나이에 비해서 몸집이 작아서
엄마와 함께 여탕에 들어갔습니다.
목욕탕 주인이 약간 의심스러운
눈으로 나를 보았습니다.

엄마는 나를 6살이라고 우겼습니다.
주인은 목욕탕 입구에
조그만 창구를 뚫어 놓고 입장료를 받습니다.

나는 주인이 나를 제대로 볼 수 없도록
무릎을 약간 구부리고 몸을 움츠립니다.
나도 엄마의 박박 우김에
장단을 맞추려고 나름 애를 썼습니다.

박박 우김과 나의 애씀이 효과를 발휘했습니다.
무사히 경계망을 통과하고 목욕탕을 들어섰습니다.
아니나 다를까 이미 사물함은 다 차 버렸습니다.
예비 바구니에 옷을 벗어 던지고
탕 문을 열었습니다.

탕 주위에 앉을 자리도 없었습니다.
나는 그동안의 경험을 되살렸습니다.
나는 물바가지 하나 들고 이리저리 오가며
자리가 나기를 눈치껏 살폈습니다.
빈자리다 싶으면 잽싸게 차지해야 합니다.
몸집이 작은 엄마는
어느새 틈새를 비비고 한 자리를 차지했습니다.

"서 있지 말고 탕 안에 들어가라."

"뜨거운데."

"뭐가 뜨겁노. 이리 온나."

엄마는 억지로 나를 탕 안으로 밀어 넣습니다.

"때는 푹 불어야 잘 베껴지는 기라."

탕 물은 뜨거웠습니다.
뜨거운 탕 안에서 가장자리 턱에 엉덩이를 걸쳤습니다.
반쯤 몸을 담그고 있으면 엄마는 한마디 합니다.

"머리만 내놓고 푹 담가라."

나는 뜨거운 것을 별로 좋아하지 않습니다.
나는 탕 속에서 머리만 내놓고
나름대로 인내심을 발휘하여 버팁니다.
어른들은 뜨거운 물속에서
불그레한 얼굴로 콧노래를 부르며
기분 좋게 앉아 있습니다.

내 옆에 있던 할매가 기분 좋은 소리로
목소리를 냅니다.

"어~~어 시원하다."

어떤 어른은 물이 식었다며
탕탕 손뼉을 치고 외칩니다.

"따신 물!"

관리인이 온수 공급용 열쇠를 들고 나타납니다.
이때 관리인은 반드시
잠자리채 같은 것도 들고 옵니다.
이 도구는 탕 안에 웅어리져서 떠다니는 때를
걷어 내기 위한 것입니다.
아마 상상이 잘 안 갈 것입니다.
저마다 탕 안에서 때를 불리니
저절로 벗겨져 나온 때가 물 위를 떠다니다가
서로 뭉쳐서 구석진 데에
모이는 것들을 건져 내는 것입니다.

지금 생각하면 더러운 구정물 같은데
당시에는 별로 개의치 않았습니다.

뜨거운 물이 쏟아지면서
나는 더 버티지 못하고 탕을 나왔습니다.
어른들이 이상하게 보였습니다.

엄마는 나를 앞에 놓고 때를 밀기 시작합니다.
엄마는 수건을 둘둘 말아 내 몸을
사정없이 밀기 시작합니다.

"엄마, 아파. 아프다고."

조그마한 등에 엄마 손이 날아와 철썩 소리가 납니다.
정말 아픕니다.

"뭐가 아프다고 그랬샀노. 가만히 있어."

집에 돌아와서 보면 몸에 피따까리가
점점이 박혀 있습니다.

모처럼 목욕탕에 와서 본전 뽑는다고
묵은 때를 밀고 밀다가
피부까지 벗겨진 것입니다.

나는 엄마가 목욕탕에 가자고 할까 무서웠습니다.
내년 설까지 빨리 자라서 이 여탕을
벗어나고 싶었습니다.

세월이 흘러 내가 24살 때
엄마가 부엌에서 나를 불렀습니다.

"국아. 목욕하자."

마침 휴가 때라서 집에 와 있는 아들에게
목욕을 시켜 주겠답니다.
엄마는 비닐 목욕통에 따뜻한 물을 부어 놓고
나를 기다리고 있었습니다.

"뭐 어떻노 엄만데."

나는 엄마를 좀 압니다.
엄마는 고집이 엄청나게 셉니다.
한 번 한다면 하고 맙니다.
나는 발가벗고 비닐 목욕통에 들어가 앉았습니다.

암 투병으로 겨우 몸을 지탱했던 엄마는
힘없는 손을 들어서 내 몸을
물 칠하듯이 쓸어내렸습니다.

마흔여섯 살 엄마는 다음 날 새벽에 돌아가셨습니다.

엄마가 사는 이유는 바로 나였습니다.
엄마에게 나는 큰 기쁨이었습니다.

　　어머니는 바람처럼

　　간난이 품에 안고
　　색동 걸음 일으킨 어머니

　　날 보는 어머니의 눈에 정이 넘쳤습니다

어머니 보는 나의 눈에 기쁨이 가득했습니다

어머니는 내 손을 잡고 길을 걸었고
나는 어머니의 손을 잡고 하늘을 걸었습니다

어머니 모습 그리던 내 눈은 눈물에 젖어
어머니와 함께 꾸었던 기쁨이 가득한
하얀 꿈을 얼룩지게 합니다

어머니 모습 그리던 내 눈은 그리움에 젖어
잠 못 드는 하늘에서 나를 지켜보실
어머니가 계신 곳을 찾습니다

어머니는 이 별에 계십니까
어머니는 저 별에 계십니까
어머니는 이 별에도 저 별에도 안 계십니다

어머니는 무엇이 그리 바빠 그리 일찍 가셨습니까
어머니는 꼭 잡았던 내 손을 살며시 놓으며
바람 타고 먼지처럼 떠났습니다

바람이 창문을 흔들면
어머니가 오셨는가 싶어 창가를 눈여겨보고
빗물이 창가를 두드리면
어머니가 오셨는가 싶어 창가에 귀 기울입니다

바람 따라 떠난 어머니
바람 타고 오갑니다
이제 어머니를 잃은 슬픔을
바람에 실어 보내렵니다

바람이 된 어머니는 기쁨으로 돌아와
항상 내 곁에 있는 줄 압니다

어머니는 나를 떠난 게 아닙니다
어머니는 바람처럼 내 곁에 머물러 계십니다.

당신의 기쁨을 응원합니다.

내가 걸어온 길에는
내가 없다

구불구불 산길을 걸어서
가파르게 솟아오른 커다란 바위 사이를 지나오니
바닥에 코가 닿을 듯한 길이 나온다.
잠시 길옆에 쌓아 놓은 돌무더기에 돌 하나를
얹어 놓고 서로의 기원이 이뤄지길 바라면서
다시 헉헉대며 길을 올라
마침내 경주 남산 칠불암 뒤에서
병풍처럼 서 있는 바위산 마루에 도착했다.
작년까지만 해도 숨이 좀 차기는 해도
그리 힘든 줄은 몰랐는데
올가을에는 다리가 후들거린다.

산마루에서 내가 지나온 길을 보니
그리 험한 산길도 아니다.

나 혼자 험한 산길이라며
낑낑거리며 걸어온 게다.
나이가 드니 평지도 경사지로 보인다.

그 길에는 지금 내가 없다.
내가 걸어온 길에는 내가 없다.
내가 그 길을 걸을 때
내가 힘들어하는 모습을 보지 못한 사람이
지금 쓰러질 듯이 주저앉아 있는
나를 본다면 무슨 생각이 들까?

나이에 비해
폭삭 늙어 버린 내 모습을 보고
여기까지 오다니 참 대단하다는 생각이 들까.
아니면
동행할 친구도 없이 혼자 돌아다니니
가엽다는 생각이 들까.

내가 이런 꼴을 해도
나 스스로 참 대견하다는 생각이 든다.

13번이나 전신 마취 수술을 견디고
투병 생활을 하면서 건강을 되찾겠다고
불편한 몸을 이끌고
여기까지 왔으니 말이다.

아직 살아 있음을 확인하고
하산 길에서 조심조심하며 발걸음을 옮겨 가다가
산길을 오르는 두 젊은이를 만났다.
그들은 내리막길에서 후들대는 나를
가만히 쳐다보았다.

"혼자 왔능교."

"그래요."

"친구들은 다 죽어 버렸능교."

할 말이 없다. 나에게 친구가 있었던가.
학창 시절에 만났던 친구들이 떠오른다.
지인 정도는 몇몇 있지마는

친구라고 할 만한 사람은 없다.
나에게 생각지도 못한 피해를 준
배신자 얼굴만 떠오른다.

산길에
동행을 할 수 있는 친구를 둔
이 젊은이들이 참 부럽다.
서로 쳐다보며 그들이 지나온 길들을
서로 기억할 수 있는 친구를 가진 삶이
너무 부럽다.

혼자 산에 온 나에게 말을 붙여 준 젊은이가 고맙다.

오래오래 친구 사이가 변하지 않길 빌어 본다.

* * *

기쁨이 내리는 길을 함께 걸어요.

나에게 친구가 있는가?

나에겐 동행할 친구가 없습니다.

평생에 한 명의 친구만 있어도
성공한 인생이라는 말이 있습니다.
그 말대로라면 난 실패한 인생입니다.

사람은 만나면 헤어집니다.
어릴 적에 많았던 친구들은
모두 제 갈 길로 떠나고 소식조차 없습니다.
내가 소식을 안 전하니 소식이 올 리가 없겠지요.
나이가 들면서 하나둘 세상을 떠납니다.

살아 있는 친구들이 몇몇은 있어도
모두 병치레를 한다고 비실비실합니다.

들려오는 소식이라고는 부고밖에 없습니다.
이제나저제나 부고만 기다립니다.

친구가 아무리 많은 사람도
오래 살다 보면 친구가 없습니다.

친구가 없는 사람의 인생이 성공하려면
오래 사는 수밖에 없습니다.

친구가 하나라도 있으면 좋겠지만
친구가 없다고 실망할 필요는 없습니다.
친구 없는 당신을 응원합니다.

당신이 지금까지 걸어온 길에는 당신이 없습니다.
누구에게나 지나온 길은 언젠가 잊힐 공간입니다.
당신은 지금 오직 여기에 혼자 있습니다.
누구나 그렇습니다.

오래오래 건강하게 사십시오!

당신의 기쁨을 응원합니다.

이렇게 될 줄
어떻게 알겠는가?

내 집 바로 옆에 고구마밭이 있다.

한 달 전에 수확이 끝난 고구마밭에서

다시 고구마 잎들이 새파랗게 자라고 있다.

밭고랑 한쪽으로 제쳐 놓은 고구마 줄기 더미에서

새로운 생명의 축제가 열리는 것 같다.

잎을 떨군 빈 가지만 벌리고 서 있는 감나무 주변에

풀들도 누렇게 시들어 늘어지는 마당에

찬바람도 별로 개의치 않고 얼어 죽을 때까지

고구마는 생명의 기운을 다할 참인 모양이다.

뿌리까지 다 파 버렸는데도

줄기가 흙냄새만 맡아도 살 수 있는 것 같다.

독종이다.

이런 독종들은 주변 환경이 아무리 혹독해도

조금이라도 살 가능성이 보이면
악착같이 생명 의지를 발휘한다.

우리 집 마당에
처치 곤란한 지경까지 만든 진짜 독종이 있다.
바로 어성초다. 어성초에 비하면
고구마는 점잖은 편이다.
고구마야 줄기와 뿌리를 걷어 내고
겨울을 지나면 소멸이 될 수 있다.

나는 어성초에 두 손 두 발 다 들었다.
뿌리를 뽑고 뽑아도 그 번식력은 끝이 없다.
그런 생태적 위력을 모르고
아내가 차를 끓인다고 몇 뿌리 얻어 심어 놓은 게
지금은 온 마당을 점령하고
뿌리를 뻗을 틈만 보이면 싹을 틔운다.
해마다 어성초와 전쟁을 치른다.
그리고 해마다 참패다.
그때마다 이런 말이 떠오른다.

"이렇게 될 줄 진작 알았더라면."

정말 소용없는 말이다. 나는 이 말을 제일 싫어한다.
이런 말을 하는 사람도 싫어진다.

어성초가 아무리 몸에 유익하고
좋은 약재로 쓰인다지만
필요 없는 곳에서 번성하면 귀찮고 흉해 보인다.
냄새도 별로 좋지 않다.

화초를 심어도 어성초 무리에 파묻혀 버린다.
이제 나는 어성초를 바라보는 순간
부정적 눈빛만 보낸다.
저걸 어떻게 처리해야 하나?
해마다 어성초 뿌리를 캐 내느라
땀 흘리는 아내를 보면 안타깝기도 하다.
자기가 저지른 일이니 별로 불만은 없어 보인다.

마당 한구석에 화분들이 줄지어 있다.
모두 빈 화분들이다.

꽃을 사다 놓고 잠시 즐기다 만 흔적들이다.

해마다 화원에서
나무와 난 그리고 꽃들을 사다가 심었다.
열심히 물과 영양분을 주면서 가꿨는데
살아남은 게 하나도 없다. 배신감도 든다.
아쉽기도 하고 허전하면서 화도 난다.

빈 화분 중에서 난을 심었던 게 제일 많다.
이제 난을 키우는 데 자신이 없다.

마당에 심어 놓은 잔디도 이제는 귀찮은 존재다.
다 걷어 내고 판석을 깔아 볼까 내심 궁리 중이다.

정원 관리 아니 마당 관리.
그것 아무나 하는 게 아니다.
해 보면 안다.

* * *

기쁨이 내리는 길을 함께 걸어요.

간혹 차를 타고 가다 보면
목장의 산비탈 푸른 들판이 보이기도 합니다.
아름답고 평화롭게 보입니다.
유럽에서는 지평선까지
초원이 펼쳐진 광경을 쉽게 볼 수 있습니다.
유럽인에게는 자주 볼 수 있는 장면이라
그리 감동적으로 다가오진 않을 겁니다.

넓은 초원이 펼쳐진 장면을
주변에서 쉽게 볼 수 없는 우리나라 사람들은
잔디가 깔린 넓은 골프장을 거니는 사람들을
보면 무척 좋아 보일 겁니다.
그래서인지 몰라도 전원주택을 짓고 싶은 사람들은
대부분 마당에 잔디를 깔고 싶어 하는 것 같습니다.

평화롭고 아름답게만 보이는 목장을
가까이서 보면 여기저기 젖소 똥이 널려 있고
뱀도 기어 다닙니다.

갑자기 무섭고 더럽게만 보입니다.
어디 마음을 놓고 앉을 자리가 없습니다.

내 집도 전원주택이라 집을 지으면서
마당에 잔디를 깔았는데 지금은 정말 귀찮습니다.

그리 크지도 않은 손바닥만 한 잔디밭인데도
나이가 들어 힘에 부치니 잔디가 자라도
잘 깎지를 않습니다.

어쩌다 뱀이 기어 가는 것도 발견하고
어떨 땐 족제비도 마당을 가로질러 담을 넘어갑니다.
잔디 위에는 방아깨비, 메뚜기,
사마귀도 많이 보입니다.
고양이가 어슬렁거립니다.
새끼로 보이더니 어느새 어미가 됩니다.

집 주위에 제법 큰 논이 있는데
여름이면 개구리가 시끄럽게 울어댑니다.
가을이면 귀뚜라미 소리가 잠 못 드는 밤의

자장가가 아니라 기차 소리로 들립니다.

신경이 곤두서는 밤이면 방음 시설이 좋은
도시의 아파트로 도망가고도 싶었습니다.

제가 사는 동네 토박이들이 사는
시골 집 마당에는 잔디가 없습니다.
농사일하느라 종일 풀과 씨름하고 사는데
마당에 풀을 심겠습니까.
그냥 콘크리트로 마당을 도배해 버립니다.
풀이 보기 싫은 거죠. 멋이 아니라
실용성을 택한 겁니다.
별것 아닌 것 같아도 과거 경험을 바탕으로
깨달은 그들 삶의 지혜입니다.

이제 내 집에는 나무 몇 그루만 서 있습니다.
배롱나무 한 그루, 소나무 한 그루,
무화과나무 한 그루, 천리향 한 그루,
조그마한 물통에 심어 놓은 연꽃,
대문 옆에 은행나무 한 그루, 향나무 한 그루,

담장 옆에 대나무 무리.
그 나무들은 관리가 필요 없습니다.
간혹 가지치기만 하면 됩니다.
나도 이곳에서 30년 가까이 살다 보니
토박이들의 생활 지혜를
나도 모르게 따라 하고 있습니다.

꽃을 보고 싶으면 근처 화원에 갑니다.
마침 집 근처에 산림조합에서 운영하는
커다란 유리 온실이 있습니다.
그곳에는 여러 가지 꽃들이 많습니다.
그 모든 꽃이 내 것이라 여기며 구경합니다.

멀리서 보는 것과 가까이서 보는 것에는
알지 못했던 다름이 있습니다.

지나온 행적을 살펴보면 무턱대고 동경하는 일은
일어나지 않을 겁니다.

당신의 기쁨을 응원합니다.

인간은 울고
웃는 계수나무다

한여름 뙤약볕 속을 날아다니다가
등줄기가 익어서 빨개진 고추잠자리가
이제는 지쳤는지 길바닥에 내려앉는다.

지난 모진 태풍에 떨어져 나가고
얼마 남지 않은 감나무 잎들이
벌써 갈색으로 물들고 검은 반점까지 받아들고서
땅 위를 이리저리 굴러다닌다.

왠지 모를 쓸쓸함을 마음 한쪽에 쓸어 담고
대문 옆 은행나무 아래 선다.
바람결에 살랑이는 황금빛 잎새들 사이로
끝없이 새파랗고 깊은 하늘을 우러러본다.

이른 아침에 창문을 열면

창가에 몰려 있던 찬 기운이
한꺼번에 밀어닥친다.
낮에는 한여름처럼 뜨거울 정도로 덥더니
해가 서쪽으로 기울자 언제 그랬냐는 듯이
서늘한 느낌이 옷깃을 감싸게 한다.
최근에 변하는 계절 현상이
예전 같지 않게 일교차가 심하다.

시월 중순이라 완연한 가을이 아니지만
푸른 하늘과 서늘한 기온 때문에
가을이 성큼 다가온 것 같다.
좀 이른 것 같지만 마음은 벌써
단풍 구경으로 설렌다.
단풍 절정기를 살펴보니
대부분 십일월 초쯤으로 전하고 있다.

해마다 단풍 구경을 떠난다.
내가 주로 찾는 장소는 불영계곡이나
옥계유원지 그리고 주왕산 등이다.
화려한 기대를 걸고 명소를 찾지만

대부분 실망을 안고 돌아온다.

너무 일러서 단풍이 전혀 물들지 않은 때도 있고
갑자기 한파를 만나 얼어 버려서
바싹 마른 잎만 달고 처진 숲만 보고 오는 때도 있다.
제대로 단풍의 절경을 경험한 적은 몇 번 없다.

지금 눈앞에서
백양사 단풍이 아른거린다.
항상 동쪽으로만 구경을 떠났는데
우연히 서쪽에서 만난 단풍의 절경이
마음에서 지워지지 않는다.

시간 계획을 세워 떠났던 구경은 실망스럽고
우연히 만난 구경은 감동을 남겼다.
올해는 제대로 절경을 즐길 수 있는
우연한 행운을 잡을 수 있을까?

즐거움을 찾아 나섰지만
막상 단풍으로 물든

계곡을 거슬러 올라가다 보면
나도 몰래 눈물이 흐른다.
이별을 위한 성대한 축제라는
감동으로 북받쳤다기보다
떨어지는 낙엽을 바라보면
한 해 한 해 늙어 가는
내 모습이 서러워서다.

살기 위해 고달프게 버텨 온 속내를
화려한 치장으로 드러내 보지만
그 화려함도 곧 사라지고
겨우내 빈 가지만 벌릴 것이란 생각이 밀려들자
무언가 소중한 것이 그냥 내 곁을
영원히 떠나는 것 같은 기분이 들어
눈물은 점점 짙어진다.

가을에는 실컷 울고 싶다.
내 눈에 가을 산은 온통 고통으로 아우성친다.
바람이 불어대면 고통을 못 이겨
잎새는 마지막 끈을 놓는다.

어디 아무도 없는 숲속 개울 옆에서
예쁜 단풍잎을 끌어모아 흐르는 물 위에
한 잎씩 띄워 보내며 목놓아 울고 싶다.
그냥 울고 싶다.

언제 이 땅을
떠날지 모르는 시간 속에서
우연히 만날 이별의 시간이
내 인생의 절정이 아닐까.
기대해 본다.

온 천지
아픔을 숨기고 아름다움을 드러내어
힘겹게 살아온 역사를 꾸미고 있는
단풍처럼.

그날을 기대해 본다.

* * *

기쁨이 내리는 길을 함께 걸어요.

사람들은 현 자신의 처지에 따라 세상을 달리 봅니다.
겉으로 드러난 것을 그냥 즐기면 될 일에 속을 헤집어
굳이 자신의 신세까지 비벼 넣기도 합니다.

그런 감상적 자세가 삶의 즐거움을
배가시키기도 합니다.
때로는 마음의 상처를 치유하는 역할도 합니다.

이런 감상적 생활도 여유가 있어야 합니다.
세상살이가 힘들고 바쁠 때 봄이 되어
벚꽃이 만발해도 꽃이 꽃으로 안 보입니다.
그냥 나무에 무언가 하얀 것들이
달라붙어 있는 것만 같습니다.

우리나라 사람들은 감성이 매우 풍부한 것 같습니다.
요즘 매스컴에서 음악 방송이 많이 등장합니다.

어느 한 음악 공연장에서 한 가수가

경쾌한 노래를 부르면 그냥 어깨가 절로 들썩거립니다.

잠시 후 다른 가수가 슬픈 노래를 부르면
그냥 눈에 눈물이 핑 돕니다.

한 공연장에서 청중들은 웃었다 울기를
자신도 모르게 반복하면서 즐거워하고 있습니다.

내가 어렸을 때 극장에서 영화 보길
좋아하는 사람들이 많았습니다.
여자분들은 영화 중에서 슬픈 영화를 좋아했습니다.
어두운 영화관에서 영화 장면에 빠져들어 실컷 웁니다.
영화관 여기저기서 훌쩍거리는 소리가 들립니다.

영화가 끝나서 여자분들을 보면
모두 눈이 퉁퉁 부어 있습니다.
그러면서 한결같이 그 영화 참 잘됐다는 말을 합니다.
슬픈 영화는 여자분들이 스트레스 푸는 데
최고인가 봅니다.

우리네 살림에서 무엇을 따지며
이성적으로 사는 것보다
감성적으로 사는 모습이 훨씬 인간다워 보입니다.

파스칼은 '인간은 생각하는 갈대'라고 했는데
나는 '인간은 울고 웃는 계수나무'라고
말하고 싶습니다.

달 속에는 계수나무와 토끼 한 마리가 살고 있습니다.
달이 차고 이지러지는 모양을 보고 삶의 즐거움과
슬픔을 노래하고 계수나무에 걸린 꿈을 품으며,
방아 찧는 토끼를 보고 풍성함을 기원하던
우리 옛사람이 떠오릅니다.

오늘날 우주선이 달에 오가는데도
우리 한국인의 마음에는 옛날 옛적의 정서가
여전히 달 속에 살아 있습니다.

당신의 기쁨을 응원합니다.

나눔은
꽃보다 아름답다

꽃을 보고 싫어하는 사람이 있을까.
길 가다 모르는 사람으로부터 꽃을 받으면
영문을 몰라도 우선 기분부터 좋아지리라.

꽃은 생명의 신비함을 보여 준다.
형형색색으로 피어난 꽃을 보고 있노라면
참으로 신기하다는 생각밖에 들지 않는다.

꽃이 저마다 자태를 뽐내면서
향기를 뿜어내면 나비와 벌이 모여든다.
꽃은 꿀을 주고 벌과 나비로부터 열매를 얻는다.

꽃은 어떤 벌은 꿀을 주고
어떤 벌은 꿀을 주지 않는 게 아니다.
모든 벌에게 차별 없이 꿀을 준다.

이것이 세상을 위해 베푸는 것이다.
이렇게 서로 어울리는 아름다운 상생을 보면
자연스레 평화로운 기운을 느끼게 된다.

* * *

기쁨이 내리는 길을 함께 걸어요.

꽃은 씨앗을 맺기 위한
빠질 수 없는 준비 과정입니다.
씨앗을 맺어야 새로운 생명이
탄생할 기회가 생기기 때문입니다.

꽃이 제대로 씨앗을 맺으려면
외부의 도움을 받아야 합니다.
바람이나 동물이나 곤충
때로는 사람의 도움이 필요합니다.

꽃에는 무언가 도움 요소를
모으기 위한 매력이 있어야 합니다.

그래서 꽃에는 향기가 있고
아름다운 색도 있고 달콤한 꿀도 있습니다.
꽃의 목적은 유혹하고 나누면서 채우기입니다.

인간 세상에는 어떤 유혹이나
채우려는 의도가 없이
자신이 가진 것을 아낌없이
나누는 사람이 있습니다.

이런 삶을 사는 사람은
정말 꽃보다 아름다운 사람입니다.

당신의 기쁨을 응원합니다.

군자도
군자 나름이다

국화는 매화, 난초, 대나무와 함께
사군자의 하나로 '군자의 꽃'이라고 한다.
옛사람들은 서리 속에서도 활짝 꽃을 피우는
국화의 그 굳은 의지를 선비의 절개라 여겼다.

그런데 지금 생각하면 그런 것도 아닌 것 같다.
국화가 찬 서리 속에서도 꽃을 피우되
환경에 따라 꽃의 모습이 변하기 때문이다.

몇 해 전에 꽃송이가 탐스럽고
보기만 해도 행복감을 느끼는
국화 화분을 하나 사들였다.
몇 날은 물도 주고
꽃대도 바로 세워 보고 했다.

겨울이 지나고 다음 해 봄이 되자
화분에서 주인이 주는 물로만 산다는 게
애처로워 보여 마당 한쪽 귀퉁이에다 옮겨 심었다.

몇 해가 지나고 나니 보기 좋던 국화가
국화 아닌 국화 같은 국화로 변해 버렸다.

그동안 국화 한 뿌리가
마당 한구석에서 주인의 돌봄도 없이
혼자서 몇 해를 피고 지더니
이제 이쪽저쪽으로 번져 나고
수많은 가지가 뻗어 나와 작은 덤불을 이뤘다.

가지마다 스스로 피어난
꽃 무게를 못 이기는지
이쪽저쪽으로 고개를 비스듬히 해 있다.
이 모습을 보니
가지마다 무언가 골똘하게 생각하는
모양새다.

국화 향기는 그대로인데
들국화처럼 조그맣게 변해 버린 꽃들을 보니
섭섭한 감을 떨쳐 버릴 수가 없다.

화분에서 땅으로 옮기며
자유를 주었는데
피워 낸 꽃이 영 마음에 안 든다.

이건 배신이다.

자유만 주고
손길 한 번 주지 않으면서
하늘과 땅의 힘에 맡겨 놓고
좋은 꽃만 바라는 마음이 부끄럽기도 하다.
그래도 위안이 된다.
향기는 아직 그대로다.

'군자의 꽃'이
핀 모양새를 보니
군자도 군자 나름이라는 생각이 든다.

국화의 묵은 줄기를 심으면
성장이 늦고 큰 꽃을 기대하기 어렵다 한다.
좋은 꽃을 원하면 그 해 나온 싹을
키우거나 꺾꽂이해야 하는가 보다.

하늘은 새로운 것에 더 많은 에너지를 주려는 것 같다.

* * *

기쁨이 내리는 길을 함께 걸어요.

남귤북지(南橘北枳)란 말이 있습니다.
귤이 회수(淮水)를 건너면 탱자가 된다는 말입니다.
환경과 토양이 변하면 성질 역시 변한다는
뜻이 담겨 있습니다.

춘추시대 말기 제(齊)나라에 안영이라는
재상이 있었습니다.
어느 해 초나라 영왕이 그를 시기해 사신으로 방문한
안영 앞에 도둑질하다 붙잡힌 죄인을 불러 놓고

물었습니다.

"너는 어느 나라 사람이냐?"

"제나라 사람."

영왕은 안영을 바라보며 비웃듯 말했습니다.

"제나라 사람은 원래 도둑질을 잘하는 모양이군."

"강 남쪽의 귤을 강 북쪽으로 옮겨 심으면
탱자가 되는 것은 토질 때문입니다.
제나라 사람이 제나라에 있을 때는
도둑질이 무엇인지 모르고 살았는데
초나라에 와서 도둑질한 것을 보니
초나라의 풍토가 좋지 않은가 봅니다."

영왕은 안영에게 항복을 하고 잔치를 열어
환대했다고 하는 고사가 있습니다.

나는 국화를 다른 집에 심은 것도 아니고
내 집 내 마당에다 심었습니다.
변해 버린 국화를 보고 내 집 마당의 풍토가
좋지 않다고 말하기가 거북스럽기도 하고
한편 부끄럽기도 합니다.

꽃은 가꾸기 나름인데 화분에서 화단으로
옮겨 심기만 했지 거름 한 번 준 적이 없습니다.
그러면서 마땅 탓을 하기가 영 불편합니다.

풍성하게 꽃을 피우던 국화가
들국화처럼 변한 것은 내 탓입니다.
그렇다고 다시 화분으로 옮겨 심기는 싫습니다.

이제 나는 화분에서 화초를 키우지 않을 것이며
화초가 심어진 화분을 사지 않을 것이기 때문입니다.

화원에서 보기 좋은 화초를 사다가
집에 가져오면 얼마 안 있다가 죽어 버립니다.
화원 주인은 내 말을 듣고 좋아합니다.

농담으로 하는 말로 그래야 꽃이 잘 팔린다나요.

나는 능력도 없으면서 기분만 앞서서 괜히 생명을
죽이는 것 같은 기분이 듭니다.

국화는 그래도 생명력이 강해서
내가 버린 듯이 심어 놓아도 환경에
맞추어 살아가지마는

온실에서 자란 화초를 원래 모양대로
야생으로 키우기는 어렵습니다.

무언가 생명체를 자기 손으로 키우려면
예사 정성으로는 부족합니다.
키울 자신이 없으면 처음부터 생명체를 데려다
장난삼아 다루지 않는 게 인간답지 않을까요.

당신의 기쁨을 응원합니다.

익숙함은
새로움을 기다린다

어느 하숙집에 노처녀와 노총각이 살았다.
밤만 되면 노총각은 술에 만취하여 현관에 들어서면서
신발을 벗어 한쪽을 들어 바닥에 내동댕이쳤다.
그리고 나머지 한쪽을 내동댕이쳤다.

"와당탕탕!", "와당탕탕!"

노처녀는 기다렸다는 듯이 방문을
확 열어 재치고 고함을 지른다.

"우리 좀 조용히 살아요! 밤마다 시끄럽게 뭐예요!"

그래도 소용없었다.
매일 그런 소란이 습관처럼 일어났다.
하루는 술에 만취한 노총각이 신발을 벗어

한쪽을 내동댕이쳤다.

"와당탕탕!"

나머지 한쪽을 내동댕이치려다가
문득 노처녀의 화난 모습이 떠올랐다.
그래서 손에 들었던 한쪽 신발을
바닥에 살며시 내려놓았다.
그리고 자기 방으로 들어갔다.

오 분 정도 지났을까.
갑자기 노처녀가 있는 방에서 고함이 들리면서
방문 여는 소리가 크게 들렸다.

"지금 뭐 하는 거예요! 나머지 신발을 빨리
안 던지고 뭐 하느냐고요!"

좋은 일이든 나쁜 일이든 익숙해져 있는 일이
그 익숙함을 벗어날 때 궁금증과 불편함을 느낀다.

집을 뜯어고치려고 설계를 했다.

일하다가 보니 설계대로 안 된다.

마음에 들지 않는 부분이 생겼다.

이것 조금 여기도 조금 저기도 조금

조금만 바꾸면 훨씬 좋을 것 같다.

시공자는 짜증을 내고 시공비도 많이 들었다.

그럭저럭 집수리를 마쳤다.

세월이 흐르니 옛것보다 별로 좋아 보이지 않는다.

새로움은 익숙함으로 지워지고

익숙함은 새로움을 기다린다.

그냥 그대로 살걸!

* * *

기쁨이 내리는 길을 함께 걸어요.

어떤 일을 설계한다는 게 쉽지가 않습니다.
설계란 무에서 유를 창조하는 과정과 같습니다.
그만큼 어려운 작업입니다.

완벽한 설계란 있을 수 없습니다.
최초 설계대로 하다가 시행착오를 거치면서
점점 완성도를 높여 갈 수밖에 없습니다.
시행착오가 두려우면 창조 활동을 할 수가 없습니다.

어쩐 일인지 계획을 실행하면서
그땐 보이지도 않던 결함들이
눈에 보이기 시작합니다.
결함을 발견할 수 있다는 것은
완성할 가능성이 있다는 얘기입니다.
그때마다 설계의 결함을 보완하면서 진행하면 됩니다.

문제는 수정하다 보면 설계의 목적이 아닌
다른 현상이 발생할 수 있다는 것입니다.

사족(蛇足)이란 말이 있습니다.
화사첨족(畵蛇添足)의 준말입니다.
여기에 얽힌 고사가 있습니다.

춘추시대 초(楚)나라의 어느 사대부 집에서
술상을 내왔는데 그 양이 식객이 마시기에
터무니없이 적은지라 뱀을 빨리 그리는 사람이
전부 다 마시기로 했습니다.

마침 식객 중에 그림 솜씨가
뛰어난 사람이 있었습니다.
그는 재빨리 뱀을 그려 놓고 보니 다른 사람은
아직 몸통도 못 그리고 있었습니다.
이 사람은 자신의 그림 솜씨를 뽐내고 싶었습니다.
뱀 그림에다 발 네 개를 더 그려 넣었습니다.

"이제 이 술은 내 것이다."

그런데 한 사람이 자기가 그린 그림을 들고나왔습니다.

"뱀은 발이 없으니 그것은 뱀이 아니다."

그 사람이 술병을 냉큼 움켜쥐고
꿀꺽 마셔 버렸습니다.

사족이란 말은 쓸데없이 필요치도 않은
엉뚱한 행동을 하다 일의 그르침을 일컫는 말입니다.

사진 촬영하는 사람이 조금만 더 조금만 더
하다가 절벽에서 추락하는 사고가 나기도 합니다.
설계를 바꿀 때는 원래의 목적에 어긋나지 않도록
신중한 검토가 필요합니다.

내 안의 기쁨을 지키려고
본의 아닌 엉뚱한 악마의 기쁨 속으로
자신을 빠뜨리지 마세요!

당신의 기쁨을 응원합니다.

물고기는
물에서 사는 게 맞다

마당 양지바른 곳에 물통을 하나 놓고
그 속에다 연꽃을 심었다.
문제는 물이 고여 있는 곳에다 모기가
알을 낳고 유충이 우글거리는 거였다.
그래서 미꾸라지를 스무 마리 정도
사다가 물통에다 넣었다.
미꾸라지가 유충을 먹으면 모기가
덜 생길 거라 여겼다.

하루는 비가 장대같이 쏟아졌다.
비가 그친 후 마당에 나가 보니 잔디 위에
미꾸라지가 여기저기서 꿈틀대고 있었다.
모두 잡아서 다시 물통에다 넣었는데
비만 오면 튀어나오더니 쪼끄마한 연못 속에
미꾸라지가 한 마리도 남지 않았다.

아무리 진흙탕 속에서도 잘 사는 미꾸라지라도
생태 환경이 안 맞으면 그곳을 벗어나려 애쓴다.

다음부터 그냥 그대로 모기와 함께 살기로 했다.
아름다운 연꽃을 내 집에서 즐기는데 모기쯤이야.

모든 생명체는 있을 곳에 있어야 제대로 살 수가 있다.
하물며 인간은 오죽하겠는가.
마침 지붕 아래에 매달린 풍경이 눈이 들어 온다.

공중 물고기

물고기 한 마리
처마 끝에 매달려 맴돈다
이 바람 저 바람 따라 이리저리 뱅뱅 돈다

땡그렁 땡 땡
어쩌다 나는 소리에
놀라서 허둥지둥 어찌 저리 놀라는지

허공 물고기
바람 찾아 돌아보지만
어디서 오는 바람인가 알랑가 몰라

허공 물고기
등에 끄나풀 있는지 알랑가 몰라
안다고 한들 어떻게 벗어날까

울려라 울려라
더 크게 울려라

차라리 그러는 게 좋겠다
너는 풍경이니까.

* * *

기쁨이 내리는 길을 함께 걸어요.

처마 끝에 매달린 풍경이
사람이 힘들게 살아가는 모습 같습니다.

풍경에 매달려 있는 물고기 한 마리가
자유롭게 허공에서 움직이고 있지만
아무리 거센 바람이 불어도 원래 있던 자리를
떠나지 못하고 있습니다.

이리저리 흔들리는 모습이
환경이 조금만 변해도
어쩔 줄 모르는 것 같습니다.
말단에서 일하며 사는 게 힘겹다고
그때마다 요란한 소리를 내 보지만
이미 그런 소리에 익숙해진 사람들은
듣는 둥 마는 둥 합니다.

소리를 듣고 주변 상황을 살펴야 할 사람들은
너희들의 삶이 원래 그런 게 아니냐며
대수롭지 않게 봅니다.
물고기 등을 묶고 있는 줄이
생계를 위해서 어쩔 수 없는
삶의 처지 같습니다.

그저 시키는 일만 열심히 합니다.
이제 이거다 저거다 따지기 싫습니다.
어차피 맡은 일은 떠날 수가 없으니
열심히 일만 합니다.

바람이 잔잔하면 조용하고
어떨 땐 속삭이기도 합니다.
바람이 거세면 큰 소리도 냅니다.
그냥 그렇게 사는 겁니다.

하늘이 바다와 같아서
물고기를 하늘에다 매달아 자유롭게
살기를 바랐는데 공중 물고기가 사는 모습을 보니
그저 딱하기만 합니다.

물고기는 물에서 사는 게 맞습니다.

사람도 제 자리에서 살지 못하면
내 안의 기쁨은 기운을 잃고
안타까운 일만 생깁니다.

지금 있는 자리에서 기운을 못 차리면
다른 자리를 찾는 게 좋을 것 같습니다.
미꾸라지도 목숨 걸고 살기 위해 뛰쳐나옵니다.

산소 같은 기쁨도 없이 어떻게 살겠습니까?

물론 인간이 '견디느냐? 떠나느냐?'라는
선택의 길목에서
미련스럽게 함부로 움직이지는 않겠죠.

당신의 기쁨을 응원합니다.

공(空)이 드러나면
색(色)이 된다

고등학교 2학년 때
우리 가족은 부산 광안리로 이사했다.
그곳에서 부모님이 돌아가시고 나서
가족은 뿔뿔이 흩어졌다.
그 후 광안리는 상전벽해라는 말이
실감이 가도록 변했다.

언젠가 광안리에 가 보았는데
휭하게 펼쳐졌던 밭과 언덕 그리고 모래언덕과
해변 도로가 고층 아파트로 메워지고
각종 유흥 시설이 밤바다를 휘황하게 물들이고 있었다.
그때부터 벌써 반백 년 가까이 지났으니
더 많이 변했겠지.

가끔 광안대교를 영상으로 본다.

밤의 조명이 화려하고 불꽃놀이가
밤하늘을 수놓으면 그야말로 환상적이다.
그런 느낌도 잠시뿐이다.
멋진 대교가 나의 옛 추억을 방해하기 때문이다.

누구에게는 광안대교가 아름다울지 몰라도
나의 청소년 시절 꿈과 낭만이 깃들었던 바다를
대교로 막아서 시야를 가리고 해변에 늘어선
상업 시설들까지 끼어들어 하나의 커다란
유흥장을 만들어 놓은 것 같다.

내가 살았던 그때 그 시절을 모르는 이들에게는
지금의 광안리 모습이 추억 속에 남겠지.

내가 살았던 집과 광안리 해수욕장까지 가려면
천천히 걸어서 10분 정도 걸렸다.
아침에 일어나서 제일 먼저 하는 일이
광안리 해변을 따라 모래사장 위를 달리는 것이다.
그리고 하교 후에는 저녁밥을 먹고서 해변을
달리다 거닐었다 하며 집으로 돌아오곤 했다.

여름방학 동안에는 거의 바닷가에서 살았다.
내 별명은 광안리에서 빨간 추리닝으로 불렸다.
그 이유는 나에게 옷이라고는 교복 외에
빨간 추리닝 한 벌밖에 없었기 때문이다.

등교할 때 입었던 교복을 집에 와서 벗으면
바로 빨간 추리닝만 입고 산다.
추우면 내의를 입고 더우면 팔과 다리를 걷어 올렸다.
계절에 상관없이 오직 빨간 추리닝 하나만 걸치고
바닷가며 동네를 돌아다녔다.

당시에는 광안리 해변 동쪽 편에 돌출된
조그마한 바위산이 바다에 붙어 있고 해변에는
크고 작은 돌들이 물에 잠겨 깔려 있었다.

그곳에서 낚시하고 돌을 뒤집어 게도 잡으며
시간 가는 줄 모르고 놀았다.
홍합을 뜯어 삶아 먹고 헤엄쳐서 바위와 바위를
건너다니며 해산물을 잡아서 집에 가져와
된장찌개에 넣으면 그 향기와 맛이

지금도 나는 것 같다.

그 당시를 회상하니 내 시간의 색은 빨간색이다.
지금도 빨간색을 보면 그때 그 장소에서
일어났던 추억이 눈앞을 스쳐 간다.

 지나갈 뿐

 나는 종종
 방구석에 앉아 안절부절못하고
 방 가운데 서서 이리저리 서성인다

 주섬주섬 옷을 걸치고 방을 나선다
 차에 시동을 걸고 나는 떠난다

 어디로 가는지 나도 모르겠다
 무작정 달린다
 무언가 짙은 색 속으로

 홀라당 빠져 온몸이 물들 수 있는

그곳으로 가고 싶다

길이 지나간다
지나갈 뿐이다
그냥 지나갈 뿐이다

시간은 또 이렇게 지나간다
하얀색 속에서.

* * *

기쁨이 내리는 길을 함께 걸어요.

살아 있으니 죽음도 있고
죽음이 있으니 새 생명도 있습니다.

보람이 있으니 허무함도 있고
허무함이 있으니 보람도 있습니다.

있고 없고 사이에는

있는 것도 아니고 없는 것도 아닌 것이 있습니다.

있는 것도 아니고 없는 것도 아닌
상태가 바로 공(空)입니다.
공(空)은 시간과 공간의 보이지 않는 힘이 있습니다.

공(空)이 있어 인(因)과 연(緣)이 색으로 드러나고
때가 되면 인연이 맺은 색은 공으로 돌아갑니다.

생명에서 일어나는 모든 작용이 공에서 비롯됩니다.
공에는 끌어당기는 힘과 밀어내는 힘이 있습니다.
이 힘이 기쁨입니다.
기쁨으로 색이 되었다가 기쁨으로 공이 됩니다.

옛 추억이 사무쳐 어디론가
훌쩍 떠나고 싶을 때
오늘이 답답해 여기를 벗어나고 싶을 때
망설이지 말고 떠나세요.
보이지 않는 공의 힘이 과거를 불러
미래를 내다보는 현재 위에서

그냥 가만히 있으면 안 된다며
내 안의 기쁨을 충동하고 있습니다.

무언가 생각대로 안 풀리든지
보고 싶은 사람이 있으면 만나러 떠나세요.
혼자라도 배낭을 메고 떠나 보세요.
산을 오르든지 여행이라도 한 바퀴 휙 돌다 보면
내 안의 기쁨과 대화 속에서
다시 생동감을 찾을 수 있습니다.

불편한 직장이나 자리를 옮기고 싶을 때
잠시 휴가를 얻어 한 바퀴 다른 세상을
구경하고 오세요.
그러면 또 다른 기쁨이 당신을 기다릴 겁니다.

인간에게 공이란 힘이 있어서
미래에 대한 영감을 얻기도 합니다.
그 영감으로 새로운 길이 열리기도 합니다.

인간 세상에 공이라는

보이지 않는 힘이 있습니다.
그래서 내가 하는 일을 하늘이 알고
땅이 아는 것입니다.
어떻게 아냐고요?
내가 한 일을 내가 압니다.
내가 한 일에는 흔적이 남습니다.
그 흔적을 따라서 생겨난 발 없는 말이
금방 삼천 리에 퍼집니다.

힘든 과정을 이겨 내면 반드시
그에 대한 기쁨은 생깁니다.
어떤 기쁨이냐고요?
이겨 낼 수 있다는 자신감에 대한 기쁨입니다.
바로 내 안의 기쁨을 스스로 지킬 수 있다는
자신감 말입니다.

세상만사 있을 때 잘하고
없을 때는 더 잘해야 합니다.
무엇을 잘해야 하나요?
바로 내 안의 기쁨을 잘 키우고 지키는 일입니다.

당신의 기쁨을 응원합니다.

나가면서

기쁨이 기쁨을

바람 한 점에도 기쁨이
물 한 모금에도 기쁨이
눈앞에 펼쳐진 산마루에도 기쁨이

방 안에서 뒹굴뒹굴 구르는 자식에도 기쁨이
무탈하게 먼 데 있는 자식에도 기쁨이

아내의 웃음소리에도 기쁨이
기댈 수 있는 어깨가 있는 내게도 기쁨이

기쁨을 내려 준 하늘에도 기쁨이
햇살이 스며든 창가에도 기쁨이

나의 부모님 살았던 삶을 되돌아보면
인생이란 게 한 편의 꿈 같습니다.

부모님은 부유한 삶에서 한순간의 실수로
가난의 나락으로 떨어지고 두 분이
젊은 나이에 돌아가셨습니다.

실수에 대한 후회로 마음에서 일어나는 화를
풀지 못해서 화병이 들고 암까지 생겼기 때문입니다.
그 영향으로 자식들은 혹독한 가난을 겪어야 했습니다.

사람이 지난 나쁜 과거에 매달리면
좋은 일을 기대할 수 없습니다.
과거의 나쁜 기억은 빨리 잊어야 합니다.

만약 당신에게 잊지 못할 나쁜 과거가 있다면
부디 생명의 선물인 기쁨에 매달리기 바랍니다.
종교를 가진 신자라면 기도에 매달릴 수 있을 겁니다.

나쁜 과거의 일을 그냥 한 가닥 꿈이라 생각하십시오.

인간은 무언가 마음대로 하고 싶어 행동으로 옮기고
그 뜻을 이루면 또 다른 무엇을 향해 꿈을 꿉니다.

과연 그런 꿈들이 뜻대로 다 이뤄지면
무엇이 좋은가요?
꿈이 추구하는 것은 결국에는 기쁨이라 생각합니다.

현재 당신의 삶이 기쁨으로 가득하다면
여전히 방황하는 시간이 필요할까요.

어머니는 당신의 삶이 항상 기쁘길 바랍니다.
어머니는 당신을 보배보다 소중하게 여깁니다.
어머니 은혜에 보답하는 길은
당신이 항상 기뻐하는 것입니다.

내 몸에 산소처럼, 기쁨이 숨 쉬다

초판 1쇄 발행 2023년 4월 6일

지은이   김영국
펴낸이   이기봉
편집   좋은땅 편집팀
펴낸곳   도서출판 좋은땅
주소   서울특별시 마포구 양화로12길 26 지월드빌딩 (서교동 395-7)
전화   02)374-8616~7
팩스   02)374-8614
이메일   gworldbook@naver.com
홈페이지   www.g-world.co.kr

ISBN   979-11-388-1783-7 (03810)